U0552317

おらおらで
ひとりいぐも

我将独自前行

[日] 若竹千佐子 著

杜海玲 译

北京联合出版公司
Beijing United Publishing Co.,Ltd.

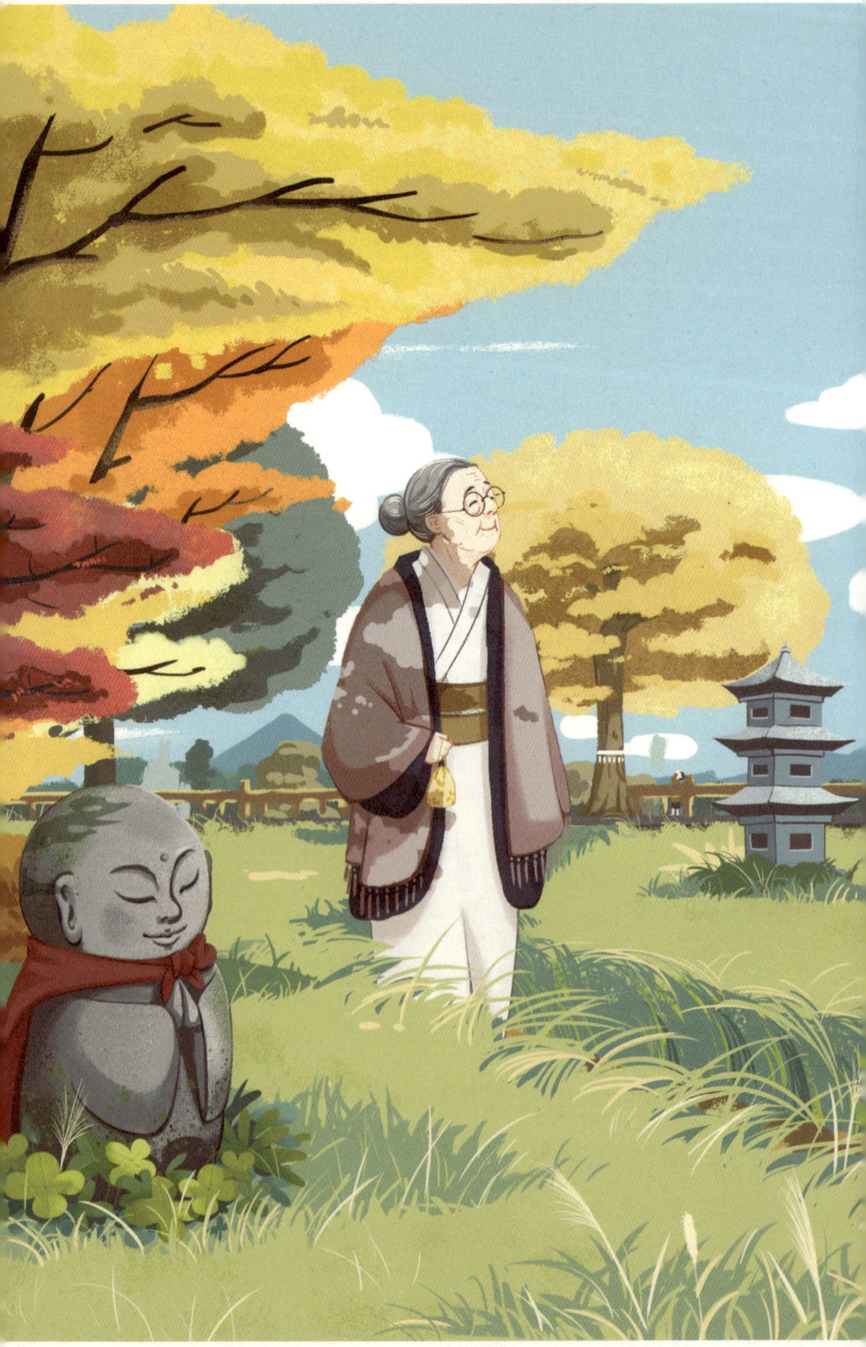

▽ 无论走到哪里,总也躲不开那么多的悲伤、喜悦、愤怒、绝望和所有的一切。即便如此,依然走出了新的一步。

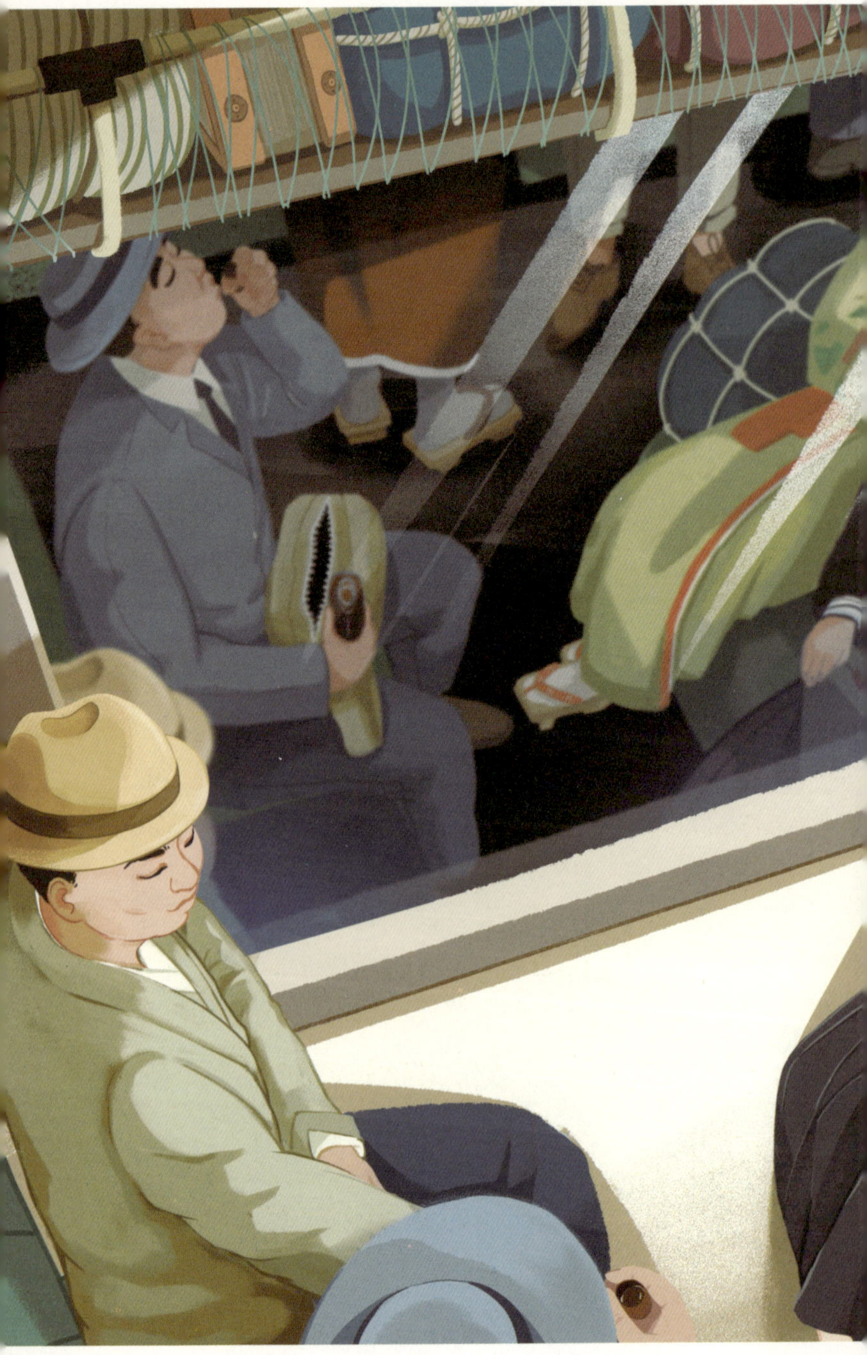

▽ 即使在旁人看来毫无意义,可是自己还是能全心投入,那才是人最幸福的时刻吧。

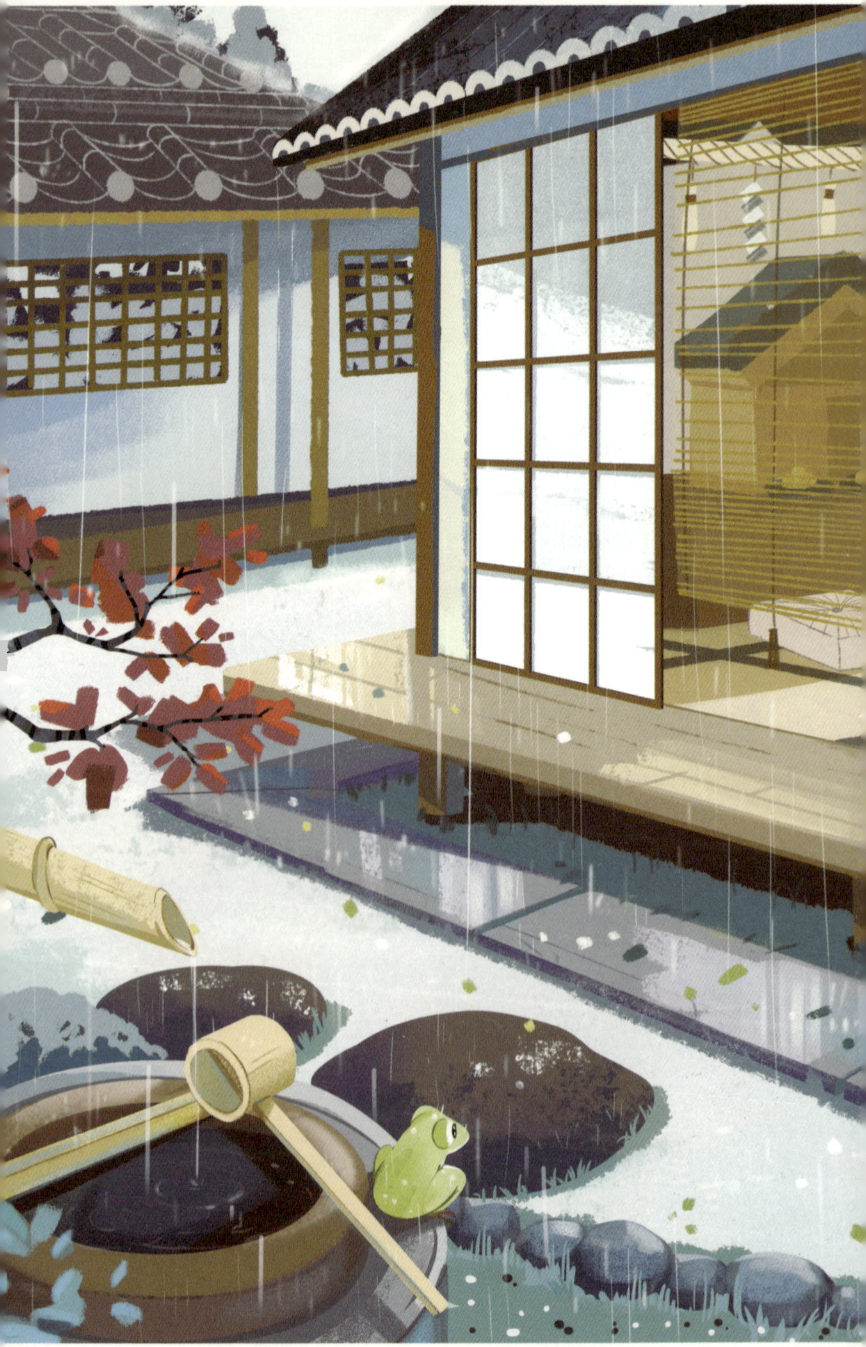

▽ 人与人之间，无论多么亲密，都不会真的不分你我，那都是两个人。意识到这一层的时候，已经有很多很多岁月流走了。

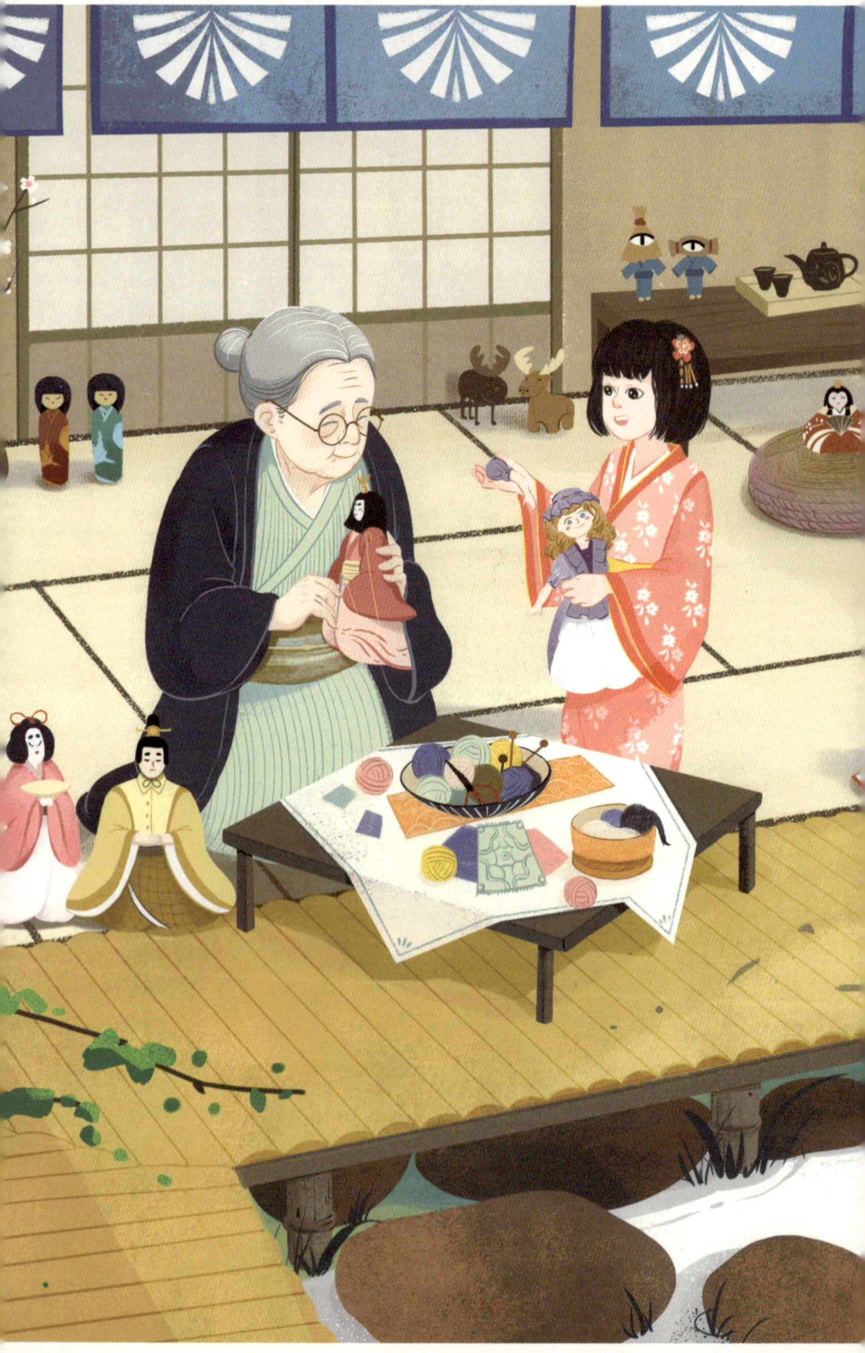

▽ 没有任何人比自己更重要。自己想做的事情，自己就去做。就这么简单。

1

哎呀,我这脑袋瓜儿出了啥问题?

这可咋办,从今往后我这一个人,叫我咋办?

咋办咋办?可不就该咋办咋办。

多大点事儿啊?有我在呢。你和我,到最后都拴一块儿。

哎呀,你到底是谁啊?

那还用问啊?我就是你,你就是我啊。

桃子一个人坐那儿"咻咻"地啜茶,听着一连串好像大坝决堤一样奔腾而来的东北方言。这些声音从她的身体里面不断向外涌现。

除了大脑里倾泻不止的对话声，桃子背后还传来轻微的声音，窸窸窣窣地响动。

在这寂静的房间里，即使是微小的声音，听上去也清晰得震耳。

这声音从桃子的肩膀后面传过来，离椅背不远，正好从冰箱和碗柜中间那一带发出，像超市塑料袋被拨弄着的声响，听着刺耳，令人不快。

窸窸窣窣，窸窸窣窣。

然而桃子毫不理会，还和着那声音啜茶。

桃子不用回头就知道声音来源是什么——老鼠。

去年秋天，桃子养了16年的老狗告别了这个世界，从那以后，别说天花板上和地板下头了，老鼠竟然与桃子在同一个生活平面上出没起来，就像今天这样，大白天的就出来了。虽说老鼠不至于大摇大摆，大概还保有一些对桃子的客气，但依然听得出来它对于发出声音有着明确的信念。老鼠从屋子角落地板上的一个破洞进出,又是啃又是挠,发出各种声音。虽说桃子不够胆量放眼望向那洞口,但对于老鼠弄出来的声音,听着听着竟习惯了。要知道,这屋子里除了桃子就没有其他人,所以无论什么声响都显得宝贵。桃子对老鼠也曾十分厌烦,如今,比起那个,她更怕没有任何声音的屋子里那无边的寂静。

桃子捧着茶杯,在手里转一圈,啜一口,感觉到交叉的手指被茶杯温暖着,啜一口,再啜一口,百无聊赖地看了看自己的手,那一看就知道是久经劳作的手。童年时,桃子曾抚摩奶奶的手背,摩挲着,拧着,她那盖在青筋突出的手背上的皮肤,皮实得惊人,揪着它拖起来老长,奶奶竟说不疼。那只骨节宽大的粗糙的手啊,此刻就在眼前。桃子没想到会有这么一天,她不由得对着天花板发出了叹息,目光散漫地将这一成不变的屋子看了一圈。

这是一间老屋子，一切都已老旧得仿佛经过了熬煮，呈焦糖色。

南面朝着小院，窗子是纸糊的，窗前，从左边墙上到右边墙上牵着一根晾衣绳子，上头挂着半袖连衣裙和冬天的大衣，罩在衣裳外头的洗衣店的塑料袋都没拆掉，还有浴巾和看上去像是刚脱下就被随便搭上去的裙子，拉链那里歪歪扭扭的。再往旁边，挂着四串柿饼，再过去一点是绑着草绳的半边儿鲑鱼，在这没风的屋里，不知是因悬挂位置不平衡，还是怎的，那鲑鱼不停地晃悠。三月午后浅浅的阳光，穿过这些挂着的衣物照进屋里。

西面靠墙的是旧衣柜、佛龛、碗柜。碗柜的玻璃门裂了，用胶布粘着，那粘补的痕迹就像蜘蛛网。旁边冰箱门上有贴纸的残痕，一看就是孩子小时候粘上去的贴纸，后来想撕下，撕下了一半，另一半还残留在冰箱上。

靠东墙摆着一张简陋的行军床，床头有扇凸窗，窗台上搁着一台电视机，电线像缠头布一样裹在电视机上头，旁边是一塑料袋橘子，开过口的一升装日本酒，插在空罐头瓶里的笔、剪刀、糨糊，还有面挺大的镜子。

伤痕累累的地板上堆积着旧书、旧杂志之类的东西。屋子北面是水池，旁边堆着锅碗瓢盆。现在桃子支着胳膊坐在四人用餐桌前，刚才她用胳膊扫开了桌面上的杂物，勉强开拓出了放茶壶、茶杯和日式煎饼的一小块空间。别说桌面上其他部分都堆得如小山了，就连椅子，其他三把也都化身为堆杂货的地方。

虽说杂乱，却也营造出一种氛围，可以说是混乱中自有秩序，也可以说是终极务实，总之衣、食、住三件事都能在这屋子里完成，相当实用主义。能否感受到这种氛围就要看个人了。当然，这个家里并不只有这么一间屋子，旁边还有一间可称为客厅的地方，很久以前这里就变为了仓库，所以这个家里的可用空间只有二楼的睡房和这间桃子的起居室，而且有时桃子觉得上二楼都嫌麻烦，三天里头总有一天吧，她穿着膝盖部分已磨出洞的运动衣套装，喊着"穿啥睡觉不是睡？在哪儿睡觉不是睡？"就爬上了行军床。

桃子仍旧在啜茶，背后的声响如故。

咻咻，窸窸窣窣。

咻，窸窸窣窣。

咻咻窣窣。咻咻窣窣。

与此同时，桃子的大脑里——

"我就是你啊，你就是我。我就是你啊，你就是我。我就是你啊……"

这些声音内外夹攻，有时在碰撞，有时是和音，倒像一曲爵士乐了。这么说，倒不是因为桃子有多懂爵士，桃子对于音乐方面的事一窍不通，但对爵士却情有独钟，或者说单方面认为爵士于己有恩。

桃子曾经很悲伤，虽然这悲伤是世间常有的一种悲伤，但于桃子而言却是巨大的冲击。那日那刻，就在桃子悲伤得双肩抖动时，收音机里传出爵士乐。桃子无法接受已经有歌词的曲子，古典音乐则让她的悲伤更深重。就在那悲伤中她听到了爵士乐。至今她也不知那是谁的曲子以及叫什么名字，但是在因悲伤而撕扯欲裂的脑海里，那曲子仿佛在一下一下地敲击。

紧紧包裹在身体里、大脑里的悲伤被敲得跳出来了。

桃子的手自然地动了起来，脚也在地板上踏起来，她扭动着腰肢，就像疯了一样晃动着身体。爵士的律动与桃子的扭动相呼应，成了毫无章法的桃子乱舞。可是桃子感受到了轻松。那是一个大雨天，从雨搭的缝隙间，光线直直地穿过纸窗透进来。桃子竭力晃动着身体，热得呼吸困难。她一件一件脱去衣裳，在簇新的佛龛前，赤裸地舞动——桃子不会忘记那天。

在桃子的家乡，一般不说"释放出去"，而说"放出去"，"释"听上去有点文弱，"放"的发音让人感受到意志和力量。那天，即使只是短暂的一刻，但桃子将悲伤"放出去"了。那天的爵士乐令桃子感恩。当时的桃子谨小慎微，若是如今，桃子会呵斥那时卑躬屈膝的自己。那天应该将收音机音量调得更大，那天应该将雨搭收起，在光天化日下大胆舞动。

可是啊。

如今听到爵士乐，她的身体却不会像那天一样自然舞动起来，最多也就是捧着茶杯的左手食指略微抖动——可真不想将这也算在年龄的头上啊。

而此刻她脑子里的话题并非爵士乐，那到底是在说些什么？

桃子脑子里乱乱的，她感觉自己似乎本来是要思考什么事儿的，可是想不起来。

桃子其实早已察觉自己的思绪会飞散。毫无脉络的思绪忽而这边、忽而那边,根本把握不住。

"是因为年纪吧?哎呀,这可不好,可别什么都怨年纪。"

"那,该怨啥啊?有了,怨长年累月的主妇生活。"

"什么?长年累月一成不变的日子怎么就让人思绪飞散了?"

渐渐地,桃子的心里出现了各种问答,体内各处也展开了忙不迭的有问有答。性别不详、年龄不详,就连用的语言也不一样,更别提声音了。如今桃子身体倒是不舞动了,或者说正因为身体不舞动,所以倒像是要填补这一空白似的,这阵子桃子心里的声音越来越自在舒展。

有个一本正经的声音在说:"主妇的家务活儿又细又杂,这也得干,那也得干。"

"那你倒是举个例子啊?"这个声音听上去挺不耐烦。

"和一整天都在砍柴的与作(译者注:《与作》是1978年日本歌手北岛三郎演唱的歌曲,描述男人砍柴、女人织布的生活)可不一样。"一个声音说。

另一个声音说:"这个例子够过时的。"

"媳妇在家也织布来着。"

"那也不会像与作砍柴那样一整天都在织布吧。要想着娃该哭了要喂奶了,要想着老婆婆可能又尿脏裤子得给换了,还要想着晚饭做啥菜。就这么杂七杂八啥都得干,那思绪纷乱飞散也是没办法的事儿。"

"你这么想啊,可我想的不一样。"

"虽说千头万绪让你脑子乱,可从年龄来说啊,现在可能是认真思考的最佳也是最后的机会了。还有几年?维持现状你还能活几年?从现在起,凡事都要按照倒计时那样来盘算了。"

"说得是说得是,是那么回事。啊,不是。"

各种声音交叉来回。

"我想整明白这么多东北话是咋回事?"一个比其他嗓门都大的声音说道。

桃子对这句话也很认同。她终于发现,在那杂乱无序纷至沓来的话题中,"东北话"才是迫在眉睫的问题。

桃子陷入沉思,为何如今突然要考虑"东北话"。自从满24岁那年离开家乡,已经过去了50年。无论是日常会话还是内心思考,桃子都用的是普通话。可是现在,浓浓东北味儿的话语在心里泛滥,甚至不知从何时起,想事儿也用起了东北话。晚上整点儿啥吃?我到底是谁?无论是吃喝拉撒的俗事还是形而上的疑问,这阵子用的全都是东北方言!或者说,在内心深处有人在对我说东北话,而且还不是一两个人,而是一大堆人。我现在的思考,就靠这一大堆人的对话才得以维系。我都不知道那些想法能不能算是我的。它们千真万确来自我的内心,说的人、听的人都是我自己，可我总觉得我只是一层皮，"我"这一层皮包裹着的那些人到底是谁？我不禁问："你是谁啊？你是怎么住到我心里的啊？"

哎呀，对了，这些"声音"就像小肠里的绒毛，可以设想这样的意境：我的心里被无数密密麻麻的绒毛覆盖着，平时，它们那样轻柔听话，软软地摇曳，一旦要对我说什么的时候，那根绒毛就变得肥大、突起，然后开始发言。我好像挺烦恼的，又好像无所谓。我的心被我自个儿给篡夺了，好像也没啥不可以。

桃子眼睛望向虚空，呵呵地笑了。又往肩膀后头扫了一眼，感觉听见了窸窸窣窣的声音。

听见这声响，桃子忽然就忘记了刚才心中那来来回回的各种思绪，她的思考持续不了多久，就像母鸡走了两三步就转身，内心的话题也总是千变万化。它们来无影去无踪，一个接着一个浮现又散去。就像现在，她已经在思考自己和老鼠之间的某种友爱关系了。

"那时候可不是这样""那时候是啥时候""那时候太多了",心里有谁在不满地发牢骚。

说实在话,过去的桃子别说对老鼠了,即使是见到蟑螂呀、小虫子呀,她也总是狂呼乱叫地让老公快来,那呼救声令老公惊吓不已。老公来了,桃子躲在和虫子搏斗的老公后面,一脸崇拜地仰望着他。她一边害怕,一边却又忍不住从指缝间看敌人被老公收拾的样子,此情此景更令男人觉得有趣,特意将战利品提到女人眼前。女人尖叫着逃跑,男人兴致盎然地追,一边摇晃着手里的虫子,让她快看。女人娇嗔道:"不要啊,讨厌。"——桃子也有过那样的岁月。

斯人已去,良辰不再。当桃子知道怎么喊叫都没用时,她擦干眼泪,自己卷起旧报纸,有时来不及卷报纸,就直接脱下拖鞋,用拖鞋使劲追打虫子。一旦击中,大喊快哉,发现自己也有野兽般的一面时,她还为此喜滋滋的。可不像现在,早就没有那份斗志,很难说这都是因为老鼠发出的声响。"我的心境到底有了啥变化?"立即有人转换话题说:"那不用管,问题是你怎么又说东北话了?"这时,有个老妇人风格的绒毛出来了,她的声音稳重沉静,用一种苦口婆心的语气说:"东北话,"顿了顿,又说,"东北话就是最深层的我自己。或者说,东北话就像吸管,将最深层的我自己吸上来。"

人的内心可不只有一层那么简单,而是一层又一层叠加起来的。刚来到人世还是婴儿时候看到的世界,是俺的第一层,后来,为了活下去,俺生成了各种各样的层,一层又一层,可以说是被教会的,也可以说是被强行灌输的,就像人们觉得很多事儿"非得这样""一定得那样"。那些选择,俺以为是自己做的选择,其实呢,是被动的,被世界上那些堆积如山的约定俗成所要求,那些认知累积成了沉重的一大块,就相当于地球的板块似的。俺细细寻思,世间万物都不是单独存在的，一定有类似的模仿物。俺和地球也是宏伟的相似形啊。所以，俺心中的东北话板块就是那最古老的一层，也可以说是没人能进入的秘境里的原始风景。感觉深不可测吧？那倒也不至于，俺只要叫一声"我说，俺在哪儿呢？"那原始风景就齐刷刷地凝结聚拢起来，东北话就冒了出来。那情形就像俺叫一声"咦，我在哪里呀？"立刻就有一个精心打扮、神情矜持的我出现。这怎么说呢，就好像主语决定谓语，先选择主语，接着就有那个阶层的谓语以及思考方式出现。所以从某种意义上来说是挺可怕的，因为只要出现了东北话，"俺"就显形了。可不是咋的？

"你说啥呢？"从旁边那层突然发出声音来。

你是周造吗？哦，是俺家周造啊，老说啥来着？说"你总爱把简单的事儿说得复杂，你这婆娘就爱瞎琢磨，我告诉你东北话它就是个乡愁"。

你说得也有理，这阵子东北话老爱跑出来，俺也以为是怀旧之情,可是俺马上就反应过来,事情哪有那么简单啊,俺和东北话之间可不是那么寻常的关系,俺想来想去想到了老早。

桃子强烈意识到"东北话"这个概念时,还是个上小学一年级的学生,在那以前,桃子从未意识到第一人称的发音是不同的。她一直和周围人一样说"俺",毫无性别差异。上了小学,她才在教科书上发现男生女生的自我称呼不一样,有"我",有"仆"(译者注:日语中男孩自称),那时桃子才感觉"俺"很乡村味儿,说明确点就是土。桃子就想,那就用"我"吧,却又不是那么简单,因为一旦用了这样的语言,就仿佛带了点装腔作势,就好像变得不是自己了。鱼刺卡在喉咙里,吃一口白米饭就能吞下去;语言哽在心头,却无计可施,小桃子很为难。

如今想来,那正如一次"踏绘"(译者注:德川家康时期,日本禁止基督教,下令所有教民践踏耶稣画像以示叛教），桃子感觉自己在接受考验。桃子有对城市的憧憬，有对使用"我"的向往，然而如果真的使用了"我"，就好像一脚踢开了自己老家的空气、清风、花草树木以及和人们之间的联系，这种背叛的感觉从脚踝那里攀缘上升，让桃子感到不安。更要紧的是，如果对自己的称呼都摇摆不定，俺以后会咋样啊？俺就要变成吊儿郎当没有定性的人了吗？这种担忧确曾在桃子小小的心灵里驻扎。

从那时起，东北话就成了桃子的心病。那种纠结的心情，就好像明明喜欢却不能说喜欢，明明厌恶却不能直接拒绝——就是那样地拧巴。可是如果总这么纠结着，可就完全无法开口说话了，所以你就给这份纠结盖上了一个盖子，又跑到盖子上头稳坐着——这话是桃子内心的一个声音，与此同时，各种声音开始竞相发出。

悠闲的声音说："这有什么呀？你人生都过了大

半了,黄土都埋半截了,就把那些纠结、执念都放下吧。"

生气的声音说:"咋的?东北话招谁惹谁了?"

桃子心想,原来俺过得挺快乐啊。听着心里头各种说话声,倒像是一头扎进了娘儿们扎堆唠嗑的晒谷场上,俺是孤单又不孤单,或者说处在这状态就挺好。

这时,一个爱做总结发言的声音出来了:"也许是为了排解独居的无聊,大脑造出了自我安抚的防御机制哦。"

突然一个大嗓门来力压群声:"反正我看这就很正常,别磨叽了。"

大脑里仿佛住着很多很多人,这算不算阿尔茨海默病的初期症状?分不清空想和现实,哪天脑子里的人都跑出来在现实生活中开口说话了那还了得?啊啊,太丢人了,脑子出了问题,以后一个人咋过下去?糟了糟了,这回咋办?

管理着无数的绒毛突起的桃子，或者说直接连接着桃子身体的桃子，用桃子的话来说是一副臭皮囊的桃子，啊，太麻烦了，总之就是桃子本体，她的眼神飘忽，飘向了远方。

真的呢，怎么办？

一个女人在桃子心里从左往右跑过，往后梳拢的发髻扎得紧紧的，掖了块手巾的衣襟扣得紧紧的，是一个上了年纪的妇人。那老妇人回过头来，瞪着桃子问："俺眼睛是睁开的吧？真的睁开的吧？"桃子忙问："哎呀，奶奶，您咋现在来了？"

老妇人并不回答桃子，又接着问："俺眼睛是睁开的吧？真的睁开的吧？"

桃子就像小时候那样坚定地回答道："嗯，是睁着的，是睁开着的。"

"是吗？"老妇人叹了口气，一下子消失了。

奶奶又出来了！

无论是写字还是拿筷子，基本上小时候所有的事都是一个人教给桃子的，那人就是令桃子怀念的亲切的奶奶。奶奶做和服的手艺相当精湛，在桃子记忆中她总是在缝制和服，附近的和服店常常捧来上乘的和服料子，请她缝华丽昂贵的和服。做和服剩下的边边角角的衣料，奶奶做成沙包给桃子玩，奶奶做的沙包比谁家的都漂亮精致，在那一带可有名了。

咦，那个沙包哪儿去了？桃子想站起身找，却听见一个声音劝她："我说，那是70年前的事儿啊，沙包早就无影无踪了啊。"另一个充满震惊的声音："什么？70年过去了？"于是她心里一片混乱。"是吗？这么多年过去了啊。""这日子可真快啊！"……穿越一片惊叹光阴飞逝的呼声，有一个声音仿佛从缝隙中艰难地挤出来："奶奶，奶奶好可怜啊。患白内障瞎了眼睛的奶奶，不相信自己看不见，总是瞪大了浑浊发白的眼睛，一遍遍问眼睛是睁开的吗？因为问得太多，我回答的时候都不耐烦了。那时候我小,不懂得奶奶的心情,那生怕自己什么也做不了的心情是有多么凄惶绝望啊?现在我体会到奶奶的心境了,对未来充满不安和恐惧的心境。也就是说,孤独的人不仅仅是我啊,大家都一样啊,天底下大多数事情都是循环重复的,奶奶和我,隔了70年的时光而同病相怜。"

俺不孤独,俺不是一个人,桃子将这话念叨了几回,然后在那上头薄薄铺上一层"既来之,则安之"的泰然达观,安抚心神让它们不要再众说纷纭。

"话说,后来就不甩着拖鞋生气了吧。"这是从别的绒毛突起处传来的声音,听上去很年轻。话音刚落,一个颇有长老风采的声音跑出来答:"俺现在知道了,活着就是件悲哀的事儿,亏得俺以前还以为只要努力就有办法,只要努力就能开拓新的道路。就在这种信仰上头,你和俺的生活才能平稳维持着。就算现在一片黑暗,只要忍耐过去就有未来啊,这种信仰,从那时起，就是从那时起……"

"那时是几时？"

"那时，就是那时啊，就是俺最怕的事情发生的那时，俺就知道了，这世上有怎么都没办法、怎么都没办法的事儿。在这种事儿面前，怎样的努力、怎样的挣扎都没用。当俺知道世上有怎样努力也无可奈何的事情，就觉得时刻争论输赢的活法是多么可笑，无限抢占资源的活法是多么可笑，那些拼命使劲的活法是多么可笑，完全是将力气用错了地方。那时俺知道了人的弱小无助，知道了世界上有一面叫绝望的墙壁。懂得了这个道理，俺反倒感觉轻松了，而在那之前要如何为人处世，才是人要考虑的。一旦抵达，俺就好像成了另外一个自己。"

"那件事情之前和之后的我，完全不一样了。我变得坚强。就好像已经挨过了人生中最大的一波风浪，其他的小风浪已经不在话下，我只需要祈祷着，安心等待风浪过去。"

"说什么呢？简直不知所云啊。"之前的年轻声音狐疑地退下了。苍老的声音语重心长地继续："人啊，跟老鼠、跟蟑螂也没啥大差别，还不都是东撞撞、西碰碰，得过且过，都是伙伴啊。是不？我可是发现了，其实大家伙儿都一样啊。"

周围传来一句"别自个儿在那儿说教，能说点儿听得懂的不？！"于是长老退了下去。

处于表层的桃子窥探着内心深处的各种声音，表情复杂地"呵呵"笑了。

不知什么时候，从柿饼和浴巾之间透过来的微弱阳光渐渐退去，周围已被薄薄的暮色笼罩。这种时段，桃子总是被一种似乎已经很熟悉但依然极具杀伤力的寂寞击中。

桃子将茶杯里剩下的冷茶慢慢喝完。

"夜幕又降临，带来如烟往事。"桃子低低地哼了一句歌。世上还有谁比我更能深刻理解这句歌词的含意？桃子又自言自语了一句。这是她十年如一日重复着的低语。

这时，突然从背后传来像是"呼"或者"唉"的声响。那不是以前常有的摩挲塑料袋之类的无机质的声响，而是一种像人间气息的声音，是出声，而不是响动。

桃子大吃一惊，她第一次有了想好好用眼睛看看声音的"主人"的念头。桌上有她搁置了两天已经完全受潮而变得软塌塌的咸米饼，因为一碰到假牙就痛，所以她放在一边没吃。桃子掰了一小块米饼，没回头，朝着身后甩过去。

受潮的米饼落在地板上，静默片刻，桃子计算着时间，在心里数着"一，二，三！"扭头望去。看见了！哦不，好像看见了。灰中带青色的后背到腹部，乃至细细的尾巴——确实仿佛从眼前掠过。

桃子看不真切，只一个劲儿拧着脖子往后看，这姿势不行，得再转过身去看看。桃子想调整坐姿转过去看个真切，而此时她脑子里又涌现出很多很多人。不过，桃子觉得这根本不算啥了，她甚至觉得自己可能还能跟老鼠对话呢。这么想着，桃子干脆很有节奏地用双手猛拍了一下大腿，打算借这股反弹力站起来转过去，她预料中本该发出清脆的一声"嘭"，入耳的却是含混不清的一声闷响，像受了潮。

桃子望过去，地板上只有散落的米饼，哪里有等着喂食的老鼠的踪影。桃子呆呆站了会儿，为自己的孩子气自嘲地笑了。没有老鼠。她意识到如影随形可相依偎的只有渐渐袭来的衰老。

啊，我是独自一人啊，独自一人好寂寞啊，这两句话在桃子心中翻滚着。突然，一个勇猛的绒毛突起冒出来了，而且迭声说："俺说你啊，稍微不盯着你点儿就这德行，你这娘儿们，一转眼就脑子停顿，把自个儿往酸溜溜的话里钻。啥渐渐袭来的衰老，啥一个人好寂寞，那是你内心真这么感觉的，还是你用脑子设想出来的？"

"什么呀？讨厌，胡说八道的烦死人了。"这是桃子本体和维护桃子的保守派绒毛突起。

"要对理所应当的事情保持怀疑，不被所谓的常识牵着走，不要畏难而逃，东北话为啥存在于你内心？是为了与本性本心连接啊，是呢是呢，啊啊天哪……"桃子终于忍无可忍，强行停止了思考。

"前寒武纪，古生代寒武纪、奥陶纪、志留纪、泥盆纪、石炭纪、二叠纪，中生代三叠纪、侏罗纪、白垩纪，新生代古近纪、新近纪，前寒武纪，古生代寒武纪……"

桃子屏住呼吸，面无表情，背诵地质年代名称。

每当桃子遇到难以面对的情绪，比如痛苦难耐、万分煎熬时，就这样如同念咒一样背诵它们，只为抑制住喷薄欲出的情感，渡过眼前的难关。

桃子只当从没听见那些无礼的绒毛突起的言论，昂然迈开了步子。

其实桃子非常喜欢阅读关于地球46亿年的历史的书籍。自从在电视上看了部这类知识的纪录片，她就彻底沦陷了。她将从这类科普节目里听来的知识记在旧挂历背面，还去图书馆查找书刊收集资料，闹明白一点儿了，就在笔记本上工工整整地记笔记。刚才念的那段"咒文"就是那阵子的副产物。桃子从小就喜欢在纸上写写画画，只要在本子上写着什么就能让童年的桃子喜不自禁。从小时候起到如今成为老太婆，她一直喜欢书写时的自己。桃子知道我们现在处于从260万年前就延续的冰河时代的中间，知道从一万年前起属于比较温暖的间冰期。说是"知道"，当然只是从字面上知道，对于目前地球究竟是怎样的状况无从想象。所以说到间冰期，桃子心里浮现的是梅花、桃花、樱花、蒲公英一气儿开放的春天，因为寒冷而僵硬瑟缩的肩头一下子变得柔软，轻松的春天，故乡的春天呵。

虽说"间冰期"这样的术语让桃子想象的是故乡的春天，但桃子也能在拥挤的电车里，在紧巴巴坐着的座位上，有意无意地展开写满了密密麻麻的小字的笔记本，投入地研究地球的时代。

桃子慢慢走着，忠实地遵循在这个家中自然形成的"动线"，那是一条虽肉眼不可见，却如同被又粗又黑的笔画过那样的、标准的移动路线。她顺着这条线，穿过走廊，开门，上楼梯。楼梯尽头是小小的转角，一面是窗子，一面是墙，墙上挂着一张陈旧的挂历，挂历角落印着小字：1975年。那时候刚搬到这个家来，桃子带着两个年幼的孩子整天风风火火，日子满是希望。那是桃子的花样年华，是桃子的人生盛宴。

残旧沧桑的挂历上，印着千万只火烈鸟，火烈鸟群眼看要从水边凌空起飞。前面的那只火烈鸟已经飞起来，它的足迹还留在水里，留下清晰的波纹。紧随着它，后面一排的火烈鸟跟着准备起飞，正在使劲划水，而那之后还有无数的火烈鸟，形成壮观的鸟群。刚看见这挂历的时候，桃子曾想：如果自己是一只火烈鸟，大概是在鸟群的什么位置？在那远看就像一片桃色的烟雾的鸟群的末尾，完全未发现头鸟已起飞，还在悠闲地啄着水草，自己大概就是那样吧。

现在桃子瞄了眼挂历，然后将窗户大大地打开。

伴随着三月带有料峭春寒的风，梅花的香味飘了进来。与桃子家隔了三户的邻居家，无人居住，但院子里有梅树，今年梅花依旧开放。

"人面不知何处去，梅花依旧笑春风"，桃子对条件反射般地浮现在脑海里的古诗摇了摇头，在窗边托着下巴，视线飘向远方。

从这里能眺望到桃子所在的城市，远方田园尽头有低矮的山脉，绵延在黄昏的暮色里。从星星点点的树林和像树林一样耸立的高楼大厦间，能断断续续望得到高速公路。从那条高速公路一直往前行驶，按理说可以抵达桃子的故乡。桃子有事没事就爱眺望这风景，这一眺望竟然已经过去40年了。40年，说来简单，开口轻轻就能说出来，啊，在这里住了40年了啊。桃子内心又出现此起彼伏、百感交集的声音。

桃子的家，在郊外一个通常被称作新兴住宅区的地方。

穿越城市近郊的丘陵，那里设计得像棋盘一样整整齐齐，梯田一样一层层的房屋，看上去模样都差不多。桃子的家不在最上头，也不在最下头，而是正好在丘陵的中间地带。从家门口出去有个很陡的坡，从前坡下头有一个超市。桃子年轻的时候，把两个孩子分别放在自行车前后，顺坡骑下去买菜，将装满菜的口袋一边一个套在自行车龙头两旁，再一鼓作气载着菜和孩子们骑着车上坡回家，回想起来跟耍杂技似的。

那时候的桃子可想过自己会老去？更别说可想象过自己会独自老去？

"那时可真是啥都不懂啊。"绒毛突起发出感叹之声。什么都不懂。什么都不懂。现在想来，"年轻"的同义词就是"无知"啊。一切都要自己经历过才会如梦初醒，幡然了悟，这么说来，"衰老"的同义词是"经验"，或者是"懂得"啊。

桃子总觉得"衰老"是接受失去，是忍耐寂寞，而此刻却感受到些微的"希望"。"这不是挺快意的吗？无论到多少岁，人们对于了解和懂得以前不懂的事儿都觉得快乐。"桃子的内心有个声音在低语。伴随着这低语，又一个声音说："那前头还有啥不懂？还有啥？俺从今往后还能整明白点儿啥？要是整明白了俺能从这儿逃出去不？说实在话，俺有时都觉得活腻味了。"

桃子将绒毛突起们的喧嚣与骚动置于脑后，凝神眺望高速公路后面那残阳。

奶奶可能就在那儿吧，最近老是没事儿跑出来的奶奶就在那儿吧，犹记得她用沙哑的嗓音教桃子见到长辈要敬礼。桃子坐姿不正，奶奶就拿根竹尺子插到桃子后背心，让她看看自己坐得多歪斜。桃子要是做了没礼貌的事儿，那根竹尺子就被奶奶用来打手心，竹尺子碰到手心时的瞬间，那凉凉的感觉，此刻回忆起，竟是亲切极了。

桃子不由得挺直了背，正了正姿势，朝着天空和远山，轻轻说起话来。

"奶奶，俺在这儿呢，你的孙女在这儿看着晚上的天呢，俺活成这样了，俺这样行不行啊？"

"这是咋的了？"奶奶睁大了眼睛，定定地看着桃子，像从前那样说话，"虽然不太好，可也不太糟，还行吧。"

桃子仿佛感觉到，准确说是仿佛听到奶奶对她说话了，她立即被一种伤感包围了。桃子有一种冲动，好想变成个四五岁的孩子，将脸埋进奶奶的大围裙，嗷嗷地放声大哭。奶奶的围裙散发着太阳底下草席上头晾晒的萝卜干的甜味儿。桃子好想将脸埋进奶奶的大围裙，可是桃子费力地忍住了这股冲动，要知道，桃子如今的岁数已经和那时的奶奶岁数一样了。

桃子害臊地笑了。

就因为吃饱了撑的站在这儿眺望黄昏的天空，所以才东想西想的——桃子干脆利落地关上了玻璃窗，那瞬间，梅花的香气好像软软地飘进了屋里。

2

从昨晚开始,大雨已经下了一夜,现在还在急急地下着。

尽管已经是中午了,屋子里还是暗暗的,以这个为借口,桃子懒懒的啥也不干。桃子想,下雨也不错啊。

梅雨季的寒冷使桃子离不开厚厚的毛线开衫,她将袖子一直拉到盖住手背,抱着胳膊靠在窗边,一动不动地站了有一阵儿了,只有眼睛上下动着。

桃子在看雨滴。雨滴打在玻璃窗上,顺着玻璃滑落下去,抵达窗户沿儿。

桃子不知疲倦地盯着雨滴的走向。有的雨滴乍碰到玻璃就消失得无影无踪;有的雨滴和其他雨滴结成两三股水流成为一颗大大的雨滴再流下来；还有的雨滴坚守着小小的一颗，慢慢滑落、消失。看着看着还真看不厌。桃子那些绒毛突起也都悄无声息，在黑暗中，它们有的抱膝而坐，有的托着腮趴在那儿晃动着脚丫，一转身又仰面躺下枕着胳膊像是在赌气睡觉，大家谁也不说话。其中有一根绒毛打了个大哈欠，连带桃子本体也受了传染，发出了像哈欠又像叹息的奇声。

说是看不厌，结果还是厌了。

桃子松开环抱着自己的胳膊，朝着玻璃哈了一口气，在上面写下"烦着呢"。有个声音问："怎么了？怎么烦了？"桃子急忙写下了"雨"字。

"不是吧，是活得不耐烦了吧。"一个声音来搅和。桃子假装没听见，又写下"千年的雨"。桃子知道，曾经有下了千年的雨。

"啥？那是啥时候的事儿？"

从现在算起，45亿万年以前，地球刚刚出生的时候，泥沼般的火山熔岩覆盖在地球表面，之后就下雨了，千年，下了千年。

"哎呀，那肯定烦死了，肯定的，每天从早到晚下了上千年啊。"

"所以就有了海洋，海洋就是那时形成的。俺也有下了千年的雨。"

"呵呵，那是啥？"

"俺的海洋啊！"打住了话头的桃子急急地写下"马上就会来"。

电话，直美的电话，那孩子要来电话了。

桃子的脸上有一刹那的困惑，但立即就充满掩饰不住的喜色。

只因为女儿要来电话就喜不自禁，这让桃子觉得很不好意思，所以她伪装了一下面无表情，但还是没能忍住喜悦。

住在附近却连电话也不来一个的女儿，这几天不知怎的，老是打电话来。且不管为什么了，反正桃子高兴，高兴得不得了。桃子又转过身去看了看电话，今天她已经转过去看了好多回电话了。

两点刚过，直美来电话了。

"妈，家里还有厕所纸吧？"

直美劈头就是这么一句。听上去稳当又温柔，似乎带着笑容。

"嗯，有着呢，够使呢。"

桃子回答的声音里带着几分紧张和喜悦，而且不自然地高八度。

"洗洁精、洗衣粉呢？"

"啊，赶趟，洗碗的、洗衣裳的都还有呢。"

"牛奶呢？"

"那，就给带两盒牛奶吧。"

"蔬菜要带啥不？"

"买根大萝卜，买半个疙瘩白。"

桃子精神抖擞，心里暖暖的，脆生生回答着女儿的问题。

桃子不想错过女儿声音里一点点的情感，她想要完全接住和回应电话里女儿的声音，这心情猛猛地往外蹿，只是和女儿普普通通的对话，桃子却全身心都在等着，都在用力回答。

哎，这可不就成了嗷嗷待哺的小鸟了？当然是反过来了，张大嘴等着的是老了的自己，带着吃食而来的是孩子。亲子颠倒啊。桃子内心揶揄的声音有些吵闹，不过桃子无视了它们。

事实上，桃子确实没想到会有这么一天。

桃子都已经对直美不抱什么希望了，没想到现在能和直美这么亲近地说着话。想到这里，桃子的嘴角就自然地咧开了。

直美住在离这儿20分钟车程的地方。

她找了个同样喜欢绘画的男人做丈夫，他在初中当美术老师，他们生了一儿一女，俩孩子都上小学了，一家四口一起过日子。

直美结婚时离开了娘家，也不知从什么时候起就与桃子疏远了。桃子想不起来疏远的契机，只是觉得无奈。桃子自己和母亲也是如此。究其缘由，无法说清。直美和桃子之间发生的事儿，直美和桃子的关系，就像是忠实地复制了桃子和她母亲之间发生的事儿，还有桃子和她母亲的关系。

两个月前，直美突然带着外孙女纱也佳回娘家来。

外孙女站在大门口，害羞地躲在直美的后头，桃子先是惊异于外孙女长大了，然后喜滋滋地招呼她们进屋，外孙女跟在桃子后头，小手牵在直美的手里，显得安静乖巧。直美小时候也是这样，很乖，很听话，很懂事，不让大人操心。现在看着已经当了母亲的直美，桃子只觉得女儿不知怎么就长大了，长大的女儿让桃子觉得有些晃眼睛，桃子竟不好意思直视女儿的眼睛。

桃子终于有机会打量女儿，是趁直美在佛龛前合掌时。桃子细细打量她的侧脸，一看吓一跳，桃子从女儿身上看见了老态。女儿从背后到肩膀的线条，显得短了一圈。桃子在心里掰了掰手指，确认女儿已经过了四十岁。岁月是把杀猪刀。

桃子对于自己的衰老倒是挺习惯的，可是她不想看到女儿老去。别连女儿也老了，起码别让我女儿老啊——桃子不禁想摩挲手掌朝着不知什么神佛膜拜，与这种心情同时涌起的，是一种自豪——这带了外孙女前来探望的我的女儿，带了纱也佳这么可爱的外孙女前来探望的我的女儿啊。想想直美所经过的岁月，桃子百感交集，心绪奔涌如泉水，眼看着就要忍不住流眼泪，又硬生生将泪水憋回去，勉强装出平静的神情。

纱也佳终于开始习惯外婆家，她离开妈妈身旁，在屋子里走来走去，东看看西摸摸。桃子有点不好意思，问孩子："你哥哥挺好的不？"纱也佳一边点头说哥哥好着呢，一边打开碗柜张望，又说："哥哥老是在那儿画画儿，其实我画得更好呢。"说着，抬起眼睛朝母亲望了望。桃子心想，也不知直美有没有留意到孩子的小眼神。

直美笑眯眯地说："妈，你自己去买东西拿得动吗？要不我帮你买吧？重的东西我买了带来吧。"

桃子家附近的超市倒闭了，所以得去远的超市买。对桃子来说，拖着带轮的购物袋走在大夏天的太阳底下，又或者遇上像今天这种连着下雨的天气，还真是够受的。听女儿这么说，桃子心里甜蜜蜜的，喜滋滋的，当场母女就说好了，每隔十天半个月，不需要打工的日子，直美就来帮桃子买生活用品。

桃子觉得自己幸福得像在梦里。

"姥姥，我上二楼看看啊。"纱也佳说着转过身去要上楼。孩子转身的瞬间，可爱的小裙子跟着忽地摆动了一下。桃子恍惚间想起来，自己从前缝制过这样的小裙子。

当年直美在像现在的纱也佳这岁数，桃子半夜不睡赶着缝了一条带着好多花边的裙子。在飘逸的花边的正中，还缝上了一个大大的蝴蝶结。桃子缝完后端详着裙子，对自己的手艺颇满意，她觉得直美肯定非常喜欢这条裙子。

过了很久，直美才含着泪向桃子控诉，说那时候其实特别讨厌那条裙子，明明知道自己不适合穿那样的，却听大人话穿上了，穿得勉强，穿得委屈。"你总是想把你的想法强加给我，什么都要听你的！"直美对着桃子喊。桃子想说怎么会啊，我可从来没那么想啊。话到嘴边，想起自己从前也曾对母亲有这样的看法。那一刻，桃子意识到母女关系就是如此这般地复制着，心里刀绞一样地难受。

"妈，妈，跟你说话呢，米还有吧？"

"哎呀，对不住，我忘看了。"桃子以为自个儿检查过各种生活用品，肯定万无一失，不料竟把大米给忘了。桃子想放下话筒赶紧去看看厨房水池子下头的米柜子，却听电话那头的直美笑着说行了行了，反正米多买点儿也不会坏。

"你要是急急忙忙地摔了怎么办，那才糟糕呢。"直美的声音那样温柔。

听着女儿的柔声，桃子心里满溢着感动和其他的一些说不清的情感。这孩子多有孝心啊，这孩子多好啊，俺啥时候这么对俺娘说过话？现在，现在得跟直美说，桃子心里有不得不对直美说的话，现在不说，可就再没机会说了。桃子一直在脑子里想的事儿，现在得告诉女儿。

可是咋说啊？咋开口啊？桃子觉得嘴像不灵活了一样，像不听自己使唤了一样。

终于，桃子用沙哑的声音说："直美，那个，会传染的。"

"啥？妈你说啥？"

桃子快急哭了，她不知道咋说明白。

面对面肯定不知从何说起，莫非自己本以为电话里可以说清楚吗？自己想说什么来着？会传染？这么说谁能明白啊？桃子想说的，好像是为什么桃子是这样的桃子，想说的是最质朴、最本原的什么东西。因为桃子是这样的桃子，所以又会怎样影响到作为女儿的直美，或者说已经对她产生了很大的影响。

桃子一直在琢磨的其实就是这么个事儿。

桃子来不及细想，话已经自己跑出了口："俺对不住你啊。"

"对不住啊，直美，俺不知道咋和闺女相处，俺不知道咋给你当妈。就像俺娘她……"

桃子有个强势的母亲，说话总是用命令式的语气，有啥事不听她的，她就没完没了。护着桃子的奶奶死后，桃子更是活在对母亲的察言观色中。

少女时代的桃子曾经往头发上别了个发夹，母亲生气地将发夹从桃子头发上撕扯下来，怒斥桃子戴发夹搞得这么花哨风骚干啥。母亲对于有女初长成，对于桃子将渐渐成长为成年女性这件事，表现出了异乎寻常的恐惧。

母亲仿佛觉得自己作为女性就已先失去什么，或是受到伤害，或是变得脆弱，总之她对于女性角色很不认同。母亲的想法深深影响了桃子，就好像被念了一道僵硬的咒，被贴了一纸呆滞的符，桃子至今都常常不能舒展自如，总是动作笨拙僵化。桃子一直不知该如何面对自己内在的女性部分。

桃子最怕的就是"素直"这个词，她很难做到坦率而自在。人们常笑话在入学典礼或毕业典礼上因为紧张而右手右脚同时伸出去的孩子,桃子对这情景倒是笑不出来,因为桃子自己就是那样一个紧张不安而动作生硬的人啊。

桃子不想让直美也这样,不想让女儿重蹈覆辙,可是桃子并不懂得该怎样对待直美。

结果,桃子只好将自己的憧憬、盼望、梦想都投射在女儿身上。蕾丝花边层层叠叠簇拥的小裙子,正是桃子还是个小女孩时的梦想。

简单说来可能是这么回事:曾经被母亲过度地打压抑制的一切,桃子都过度地献给女儿。虽然桃子的本意是不要和母亲一样,但结果却是一模一样,都想按照自己的意愿来打造和控制女儿。

一模一样!从母亲到女儿,再从女儿到女儿的女儿。

咋会这么像呢?倒像是传染病啊。为什么?桃子曾经有一个时期将这个"为什么"作为思考的全部内容。桃子思索着，研究着，也深深审视了自己的心灵深处。桃子内心那帮吊儿郎当的绒毛突起又开始叽叽喳喳了。

"记得你闹明白那天的事儿不？俺可忘不了那天啊。俺明白了有一条眼睛看不见的链条，有一套眼睛看不见的程序，俺不知不觉地就成了那个程序里的一个环节，莫名其妙地就顺着那根链条滑行。"

"真是啥都不懂啊，无知就是罪。你，听着，你可知道俺有多懊悔？那天，俺想明白的那天，在这屋里哭得稀里哗啦的，在这屋里跑着跳着喊革命啦革命啦。"

是的，桃子当然不会忘记那天的思维大爆炸，可是又该怎样将这一切传递给直美呢？

桃子满心困惑。

"妈，那什么，其实吧……"这回却是电话里的直美吞吞吐吐，"是有点儿急，我也不好意思说，那什么……您能借点钱给我吗?"

桃子本可以立即答应的,不知怎么却突然踌躇了。

直美因为渡过了艰难的开口这一关,堵在心头的难说出口的话一旦开了头,之后就说得顺畅了。

"我家小隆,我看他有美术天分呢。所以我想把他送进市中心那些有名的美术教室,让他正儿八经地学画。这不,入学费用啊、每月的学费啊啥的,光靠我打零工那点钱不够。嗯,妈,能借给我不?"

"……"

桃子没有立即答应,也不知该怎么回答。但是,桃子知道自己绝不是舍不得借钱给女儿,而是不知为何眼前浮现出纱也佳的小脸。

"妈,求你了。"

"……"

安静中,桃子听得见电话那头直美的呼吸声。

糟了,这沉默是不是让直美生气了。桃子拿着话筒的手颤抖起来。

"哼，什么呀，要是哥哥的话，肯定马上就借了。"

桃子心里满是不祥的预感，话题被引向桃子最不愿触碰的一个角落，而且话题的流向有着不可逆转之势，如瀑布飞流直下三千尺。没办法了，桃子想着，紧咬着下唇。

"所以你才被骗子骗了钱。"

"妈你从来都是根本就不管我……"

桃子耳畔传来对方使劲挂断电话的声音。

桃子呆呆地站着，一动不动，依然举着话筒贴着耳朵。

直美，直美她又要和自己疏远了。桃子的脑子里一片空白，混乱的思绪在一片白茫茫中纷飞。

那感觉好像也不是悲伤，对于悲伤，桃子早就习惯了，那是一种"啊，原来是这样啊"的感受。渐渐地，大脑开始恢复运作，桃子静静地回想起发生在自己身上的事儿。

桃子被骗子骗了钱，是啊，被那种叫作"是我是我"的诈骗桥段。

桃子那个比直美大两岁的儿子正司从大学退学后，有一个时期和家里失联。桃子不会忘记儿子离开家时最后说的话："妈，你就别再赖在我身上了，我受够了。"

现在，正司在其他城市就业了，时不时也来个信儿，但就是几乎不回家来，就算难得回来，也不像孩子时那样对桃子敞开心扉。

那是十多年前的事儿了，有一天，桃子突然接到"正司"的电话。他说他用了公家的钱，要是被发现就完蛋了，在被上司发现以前，要是能把漏洞给神不知鬼不觉地补回去就好了。她觉得"正司"的声音和以前有些不一样，桃子想，一定是因为已经很久没有听见过儿子的声音，自己才会那样想，而且儿子慌慌张张的,就像被什么人追赶着那样。

"正司"声音里的仓皇搞得桃子也慌乱了,她按照"正司"在电话里交代的,把250万日元那么一大笔钱,交给了前来取钱的"正司"的同事。

桃子上当了。

话说回来,怎么会这么像啊?直美真正的不满是"妈妈总是偏向哥哥",其实从前的桃子也曾这么想。

桃子还保持着刚才那个举着话筒的呆立姿势,目光飘向了远方。

高中毕业后,桃子在老家待了几年,她原本是打算一直待在老家的。

桃子听从母亲的安排,如愿在农协找了份工作,差不多干了有四年吧,对工作熟悉了,得心应手了,在单位里口碑也不错,尤其是来农协小卖部买东西的人都说桃子好。当时,农协小卖部卖盐啊、糖啊的,都是论斤两称的,桃子总是多给客人往里放点儿。于是大家都喜欢桃子，还有专门趁桃子当班时候来买东西的客人。这事儿也传到了桃子母亲的耳朵里。

桃子记得那天晚上屋子里有蚊香的味道，是个夏天的夜晚。桃子的母亲语重心长地对桃子说，结婚一点儿意思都没有，你还是一直在这个家住着，一直上班得了，那样的话，你日子过得好，还能帮帮这个家。

母亲说得很认真，说得很慢，一个字一个字地，像是要将每个字都掰碎了细细传送给桃子。

这个家，这个家难道不是将由哥哥继承而变成哥哥的家吗？桃子心里这么想。她安安静静地听母亲说着，内心有什么在激烈地翻滚搅动，像一个深深的旋涡。

那一年的秋天，有人给桃子介绍对象，是农协会长的儿子。桃子对他谈不上喜欢，也谈不上讨厌，但她还是接受了这门亲事。事情进行得又快又顺利，一转眼就完成了定亲仪式，在还有三天就该办喜事的时候,那个号角响了,东京奥林匹克的号角。桃子就好像被那号角声所鼓舞着、推动着,顾不得办喜事的会场以及一应过程都已定好,她冲出了故乡。脑子里什么都没想,只是那号角声催得桃子要远离家乡追求梦想。

够了,桃子已无法想象一辈子在那么个地方,桃子想去没有母亲的眼睛盯着的地方,彻底开始新的人生。桃子觉得肯定有什么闪闪发光的东西在远方,那是在故乡如何寻找也找不到的。夜里,坐在火车上,桃子一遍遍地给自己洗脑。

如今桃子觉得年轻的自己那毫无计划性的罗曼蒂克梦想很可笑,简直是太可笑了。

桃子认为,人的感情或者说情绪拥有非常强大的能量,完全超乎理性的想象。人这一生就像个陀螺一样被那股力量抽动着打转转。无论转到什么位置、什么方向,都顾不上去想这结果究竟是好是坏,人能做的就只是接受结果。桃子只是想看明白抽动着自己的能量是怎么一回事，想探明那股力量的真相，也想关注那股能量随着命运流转会有怎样的变化——毕竟桃子可是当事人哪！

当桃子揉着发麻的胳膊，终于将话筒放回去的时候，眼睛里又像活过来一样有了力量。

也可能是一种自我安慰，桃子感到有另一个桃子在鼓励着因为直美的离去而垂头丧气的自己。当然那另一个桃子也是自己："你早已知道人生不如意事常八九，可你不也活过来了吗？所以这次也没事儿，没啥过不去的坎儿。"另一个桃子用为了活下去而培育出来的乐观安抚着自己。

桃子叹着气抬眼看，看到前面的冰箱，她直接走过去打开门，拿出一罐啤酒，站那儿就开喝。一大口啤酒下去，桃子左右环顾，发现天色已经很暗了。桃子举着啤酒罐，慢悠悠地走到屋子角落打开了荧光灯。

一回头,她看见窗户那儿站着一个女人,那女人夹杂着白发的头发蓬乱着,以至于桃子一看还以为自己看见了山婆婆,就是那种从小听说的山里的女鬼。奇怪了,怎么有个人不人鬼不鬼的东西在我家?桃子心想。过了片刻,桃子啊哈哈地笑话着自己,颓然坐到椅子上。

桃子发现那是自己的影子,借口说大雨连绵不绝,头不梳脸不洗,苍白的头发披散着,衣衫也是胡乱对付着就那样映在窗户上的自己。安静的屋子里响着桃子的笑声,渐渐地,桃子像是在笑又像是在唱,一个人自言自语开来。

这里有个山婆婆啊,有个山婆婆;如今的山婆婆,不在没有人烟的山里;如今的山婆婆,在新兴住宅生活区里;山婆婆是从太婆变来的,太婆是什么?太婆是满怀慈爱养育孩儿的母亲,是在满怀慈爱养育孩儿之后,又担心自己吞噬了孩儿性命的母亲。

不知道是不是因为喝了酒,桃子自言自语着,像演讲一样。

桃子又喝了一大口啤酒。

直美啊,你在听吗?

你以为妈妈把钱交给不认识的人,是出于对正司的偏心,是因为喜欢你哥哥。其实不是这样啊,不是这样的啊,直美。

妈如果说那是为了赎罪,直美啊,你是不是吓一跳?

直美,妈总觉得是自己横刀夺爱,夺走了正司对于生活的爱和喜悦。其实不只是我,很多母亲愿意把钱给儿子,愿意让儿子啃老,是因为内疚于和儿子关系太紧密,剥夺了儿子的生命力,让儿子活在了空虚里,然后又把儿子的空虚也看作自己的责任。就是这样,母亲们努力做"母亲",只有做"母亲"才能活下去。

直美,妈妈觉得以前就应该一遍一遍告诉自己这个道理。

没有任何人比自己更重要,哪怕是亲生孩子。没有任何人比自己更重要,哪怕是亲生孩子。

自己想做的事情,就去做。就这么简单。不能把自己想做的事情托付在孩子身上。托付着,依赖着,以期待为名,行绑架之实。

第二罐了,桃子又喝上了第二罐啤酒,喝着喝着,桃子情绪高涨,兴高采烈起来。

山婆婆?山婆婆!

再也不从别人那里索取,也没有什么可以被索取了。迎着清风,想去哪儿就去哪儿,想歇着就歇着,自由啦,啊,多么自由。

从啥时候到啥时候算是为人父母呢?从啥时候到啥时候算是为人子女呢?说到亲子,就只想到一大一小两个人牵着手的样子,说实在话,明明是孩子成年以后的日子更漫长啊。从前人的寿命短,为人父母的,到了最小的孩子长大成人时,大人就差不多死了。现在这个时代，别说要面对自己苍老的日子，甚至还能看到孩子老了的样子。既然人生变得这么漫长，又何必纠结于父母啊、孩子啊这些概念。在共同拥有一段人生之后，一个向左，一个向右，走向新生活，各管各的，这不就行了嘛。

说是这么说，可谁又会忘记至亲的人？

桃子眼神迷蒙，朝自己点了点头。

桃子眼前浮现的是母亲的身影。

自从离乡出走，桃子有乡难回，一直到父亲的葬礼，她才被允许回到故乡的家中。那次桃子出逃后，桃子的哥哥也离开家乡去了城市，在城里结婚定居了。家乡那空旷的房子里只有母亲一个人。比从前整个儿小了一两圈的母亲，叹息着自己已经老了，不中用了，独自留在老宅。而实际上，桃子从那时候的母亲身上最是受到鼓舞，弱小衰老的母亲的身姿，却真正给予了桃子力量。

自那以后，桃子的母亲独自在老宅生活了23年。母亲能做到的，自己也一定能做到。唉，可还是比不过母亲啊，桃子朝着空中举了举啤酒罐子，又喝了起来。

3

八月末的一天，桃子端端正正地坐在医院门诊室外头的长椅上。她脸上擦了粉，涂了口红，穿了一件蓝花衬衣，虽说洗得有点旧，但配上与衬衣般配的裙子，再戴一只金镯子（虽然只是镀金），已经是盛装打扮了。

桃子膝盖上摊着她出门时的相伴之物，那本被太阳晒得发黄的关于地球46亿年历史的笔记本。

桃子用手指摩挲着本子的一角，眼看着要翻页了，可是这姿势已经保持了很久，笔记本也没翻页。桃子的眼睛一心一意地落在来来往往的人身上。

这是桃子居住地附近最大的一家综合性医院，连着大厅的候诊室满满的都是人,而且几乎都是老人。每个人都在医院忙忙叨叨地来来往往穿行,一会儿做这个检查,一会儿做那个检查,一会儿向左走,一会儿向右去。

盂兰盆节已经过完了,最热的日子眼看已经过去,而熬过了酷暑的老人们的步伐好像都特别懒洋洋。

桃子用眼睛盯住一个人,相当执拗地盯着,直到他从桃子的视野消失,看不见了,她又将目光聚焦到下一个人身上。桃子简直乐此不疲。

桃子盯着和自己年龄差不多的小老太太,如果对方腿脚不灵便、老态毕现,她就在内心得意一番,窃喜一会儿;若是见到走起路来意气风发的,桃子就立即把裙子里的双腿放端正,并且坐直了身子。她几乎是条件反射似的这么干着。

桃子的身体其实没啥不对劲儿,可是她还是来了医院。

偶尔，真的只是偶尔，桃子会突然想走出来，就像是住在山里的熊啊、狐狸啊，反正不管什么动物吧，从暗黑的洞穴爬出来，下山来到人间，就是那种感觉。桃子偶尔会突然非常想待在人群里，而且那种念头非常深切——今天就是这种日子。

我这是狐狸出洞啊？桃子笑话着自己，其实呢，情况并不是这么平安无事。

这阵子，桃子过得挺艰苦。

平时，桃子能说话的人很少，也就是和周围邻居打个招呼，还有和邮递员啊、快递员啊之类的服务人员说上两三句。桃子也没觉得特别寂寞。桃子以为这就是平常。

每个人都以自己的一生为代价而得到些许感悟，甚至可以说，也许就是为了在人生走向终点时寻找到这么一点点感悟而埋头操劳这一生。无论那点感悟是多么陈腐，又或者是多少人早已有过的司空见惯的东西，可是自己实实在在地付出一生的时间和精力而获得的感悟，却是一个人不可替代的人生之歌里动人的一句歌词，就那一点感悟一句词，装点了一个人原本平淡无奇的人生。

属于桃子的那一句是"人皆孤独"。虽说桃子的人生并不波澜壮阔，也不异彩纷呈，但活到这个岁数，多少有些发自肺腑的感悟。桃子告诉过自己无数次：孤独算什么。桃子也确实觉得自己已经将孤独驯服，已经能自由自在地操纵它。寂寞？那算啥，那根本不算个啥。

可是，不对头，不得了，本以为被驯服得如同家畜般可以自由操控的孤独，如猛兽般发飙了。

桃子自问，今天和昨天相比有什么变化吗？她立即自答：啥都没变，彻头彻尾的啥都没变。可是心情这玩意儿是咋回事呢？它好像完全变了，变得让桃子像霜打的茄子。到底抽了啥疯，到底孤独是啥？没有语言可以清晰明白地说出来，比如，因为这样的理由，所以有这种情绪冒出来。如果能像这样说明，可能还容易对付。

某一天，那样突然地，桃子感觉到像被钉在了地板上，她有种动弹不得的压迫感，她想发声却发不出，只感到从喉咙深处有什么要冲出口来，冲出口的是呐喊，又像动物的咆哮："好寂寞啊，俺好寂寞啊。"

那是桃子的声音，还是一直存在于桃子内部的不知什么人的声音？就连这一点都难以辨别。这时桃子就嘀咕：哎呀，你又咋了，别闹了，差不多就得了啊。桃子自己知道"说"的是这个，可如果外人听上去，大概听见的只是"哎呀呀呀，哎呀哎呀"这样的声音。

就这样在心里发着无声的呐喊，在嘴里咿咿呀呀不知说着什么，在这一番不成调的声音对答中，桃子知道它们带着令她怀念的频率和回声。

在被重重封锁的无处逃遁之地，她只有缩起脖子，弓起背,像木虱虫那样把自己蜷缩成一团,以这个姿势,静静屏息,等待疼痛过去。

渐渐地,桃子发现,人们用很多自我安慰的说法来对抗寂寞。比方说,"只要时间过去,寂寞也会像揭去一张薄薄的白纸一样,一点一点地消失";比方说,"时间是最好的良药,暴风雨总有风平浪静的时刻"。就这么自欺欺人着,桃子以为自己确实战胜了寂寞,就在这时,寂寞悍然反攻,给了她狠狠的一击,让她猝不及防。"啊,这是俺一生的痛,这回逃不掉了。"

桃子叹息着,产生一种回望悠远时光的心境。就在这心境中,桃子依然被自我安慰的欲望驱动,她告诉自己:是啊,倒也并不全是坏事儿。

可不是嘛,绝不都是坏事儿。俺就是因为有了这寂寞,才能这么深沉而有智慧。在体验悲伤之前和懂得悲伤之后,这中间应该拿粗粗的笔画一条清晰的界线。俺因为经历过悲伤寂寞而成为一个新的自己。

在暗无天日的悲伤与寂寞中，直面自己内心泛滥的情绪，面对它，感受它，搓揉它，像将生皮加工成熟皮的过程，这时候突然就出现了一点柔和的烛光。桃子也想不出到底是哪一个节点让她豁然开朗，也许是豆沙面包里的豆沙甜甜地包裹着牙齿的时刻。

桃子伸直了蜷缩着的脖子，悠悠然摇晃起来，啊，俺还活着呢，俺还能活呢，这感觉是啥啊？咋这么高兴啊？咋这么乐呵啊？大家伙儿可不都是这么活着呢嘛。桃子心里无数柔软的绒毛突起都像起义一般地纷纷钻出来，各自发着不同的声音，这些动静晃动着桃子的身体。

这就是前几天发生在桃子身上的事情。

于是今天桃子带着要搞清楚是不是众人皆醉我独醒的想法，一大早来到聚集着一大堆人的医院。当然，到了桃子这个岁数，身体有那么一两处不对劲，是再正常不过的，所以顺便让医生给瞧瞧也是一个理由。

桃子怀着高昂的情绪来到医院,加上来医院这一路上,又是轻轨,又是公交车的,这份非日常的感受更催化了桃子的兴高采烈,桃子是以怎样一种心情坐在候诊室的长椅上的呢?是一种对素昧平生的老大爷都想要搂着肩膀贴面摩挲的热情和喜悦。桃子想说话,想把这几天自己内心的感受一股脑儿地告诉别人,无论是谁都好。

渐渐地,随着时间一分一秒地过去,桃子的心也一点一点地凉了下来,直到冷冰冰的。

医院里的情景,与桃子所幻想的不同。桃子原本想着,大家都在忍耐着寂寞孤单,并且都曾在人生路上翻山越岭度过各自的艰辛,今日这些饱经风霜的人偶然集中到了这里……然而眼前的现实却是另一番毫无感慨可发的景象。传进桃子耳朵里的,是验血、心电图、血压高压多少低压多少、验尿等话题,这些声音如一盆冷水,将桃子兀自膨胀的关于人生以及情怀的空想之火浇灭了,那些空想如泄气的皮球一样。

空想结束,桃子觉得自己仿佛脱离了现实,与周围的环境格格不入。其实这种感觉一直缠绕着桃子。桃子这个人,在心里倒是挺能说的,可一到人前就仿佛患了失语症一样无法开口,光是在那儿咽口水,而不能将自己的所思所想告诉别人。桃子生怕将自己觉得有趣的事儿说出来,而别人却对此毫无兴趣,因为桃子自己就经常觉得别人说的话一点儿都不好玩。

桃子为自己辩解着,想将自己的不合群辩解得更正当,然后她突然意识到有一个人是自己的忠实听众。

是啊,有的,有过的,只有一个人,他听俺说话觉得有意思还听乐了,俺的男人,唯一的一个他。

桃子浅浅笑了下,摇了摇脑袋,像是要让心绪转换。他一直在心里,所以用不着想起来,眼下得想点别的事儿才行。

渐渐地,桃子脸上浮起了戏谑的神情,她瞅着眼前一个老人缓缓走过,内心品评着那人的老态龙钟,桃子此刻需要通过偷偷地蔑视和嘲讽外界,将自己从难堪的境地解救出来。不能趴下,桃子,站起来。

刚才桃子略显怪异地一边在内心点评,一边盯着行人观察,正是出于这样一个理由。可以说厚厚的粉底、口红还有旧笔记本,都是桃子为自己设立的用于隔离外界的保护层。

桃子端坐在那里,睥睨四方。

桃子现在眼睛盯住了坐在斜对面的女人,一眼能看出她比桃子要年轻十岁的样子。那个女人穿了件鲜艳的连衣裙,可是桃子感觉她怪怪的。她的连衣裙的衣领有半边朝里头卷着,一只手正一个劲儿地将坤包里的钱包啊、手绢啊一件件拿出来,像在检查什么似的打开翻看,以至于她的脚边落满了购物小票和各种卡,可她毫不在意,继续在翻找钱包,看上去像是在焦急地找什么东西。

坐在她旁边的男人认真地将地上的东西捡起来交给她，她便很有礼貌地谢过，接过来，放进钱包里，再将钱包放进坤包。可是过了片刻，她开始重复刚才的动作，打开包，这回是将手探进坤包，像要从坤包夹层里抠出点儿什么来，就那么翻着抠着，她抬起了眼睛，桃子见她眼神涣散，似乎充满了不安。周围的人也察觉到了她的怪异，将好奇的目光落在这个女人身上。

桃子一面对那些人毫不掩饰的好奇眼光生气，一面自己也忍不住盯着那女人看。刚才桃子是为了逃避内心的痛苦难耐而观察周围，此刻则完全是出于好奇。看着看着，桃子明白了，这个女人，是个一直在寻找着什么的女人。也许她已经忘记了自己在找什么，只是习惯于不停地寻找。桃子觉得这真是件无奈的事儿。这个女人身上自有属于她的时间在流淌，她自有她的人生路要走，现在是在中途，但终将奔向不知在何方的终点。

忽然，桃子觉得眼前这情景似曾相识，却又一下子想不起来。桃子在记忆的隧道里穿来穿去，终于寻到了线索，不禁笑起来——为什么这时候想起这事。

那是什么时候？应该是从东京回老家的夜行火车上。那时的桃子还很年轻，只是个刚刚高中毕业的黄毛丫头。桃子想不起自己怎么会坐在那列火车上，只记得车厢里很拥挤，她一个人，也不知站了多久，终于在一个靠窗的位子上坐下。桃子斜对面坐了一个中年男人，那个中年男人手上拿着个小小的威士忌瓶子。

桃子为了躲避车里那因拥挤不堪而浑浊闷热的空气，将身子尽量往窗户边靠，将面孔贴在窗户上，窗外一片漆黑。

玻璃窗像镜子一样映照出车厢，桃子漫无目的地看着窗子，正好看到了坐在斜对面的大叔。

大叔拧开威士忌瓶子，把盖子当作小酒盅，往里面倒了一口酒，仰脖一口气喝了。然后他盖上盖子，将酒瓶装进一个小皮袋子里，还认真地拉紧了袋子上的皮绳，打了个蝴蝶结，再郑重地将皮袋子放到身旁的挎包里，最后一丝不苟地将挎包拉链拉好。随之大叔立即从上衣口袋里掏出一包柿子籽（译者注：一种面粉做的小食，状如柿子籽，常与花生米一起被作为下酒小食），不多不少，往手心里倒了两粒儿，扔进嘴里，开始认真地咀嚼。他一边嚼着，一边将柿子籽袋子的封口那里叠得整整齐齐，然后把它放进了上衣口袋，一放好，就立即去拉开挎包拉链，取威士忌喝。这一连串动作，大叔做得认真细致，不紧不慢，简直有种匠人的细致。

当大叔将这套喝酒仪式进行到第三轮时，桃子把脸从窗户那儿挪开，身子转回来，偷偷打量大叔，桃子觉得不能一直盯着人看，为了不被发现，有时候也转过头去，从窗玻璃上观察他。

事实上，大叔根本就不会在意是否被人盯着看，因为他完全沉浸在喝酒以及吃下酒小食的一连串折腾中。大叔看上去比桃子的父亲还要大些。

那时候的桃子实在是年轻，意气风发而且目中无人，她忍住笑，观赏着这个大叔，并且总是先于大叔一步在心里下着"指令"——给皮带子打上蝴蝶结，该叠袋子封口了，看到大叔完全按照自己的预想来行动，桃子在心里笑弯了腰。

桃子想，反正还要取出来的，他收它干啥啊？与此同时，桃子却也忍不住对他惊叹甚至钦佩起来。桃子深知自己没有那种认真的劲头，那种面对问题真细致的精神，即使她练习打倒立，也无法练出这种勤勉。桃子也想要拥有这种精神，可是她知道自己不会有，所以就更加惊叹。"啊，这位大叔，他是真的喜欢酒啊，真的喜欢，才会如此啊。"桃子双目圆睁，在心里感叹。

在那夜行的火车里，桃子和爱酒的大叔斜对着坐了几个小时，本是素昧平生，当然那之后也没再遇见。可是，在很多人生的重要节点上，桃子的心里都会突然浮现起那位大叔的样子。这种时候基本上被桃子用来验证自己对眼前的事物到底有多喜欢。经过了一些沧桑的桃子，已经懂得持续"喜欢"并不容易，而且也懂得了能够那样旁若无人忘我投入的状态才叫作真正的"喜欢"。即使在旁人看来毫无意义，可是自己还是能全心投入，那才是人最幸福的时刻吧。后来桃子明白了，那时看到的大叔脸上的神情，就叫作"至福"，至高的幸福。

眼前的这个女人，依然重复着在包里翻找的动作。她看上去比刚才更着急了，在包里翻动的手也更惊慌失措，估计连她本人也不知道自己究竟在做什么。桃子有些不忍心看下去，移开了眼睛，可是女人翻找坤包的窸窸窣窣声依然传进了桃子的耳朵。

桃子心里觉得自己奇怪，虽说有"重复同一个动作"这么一点相通，然而眼前这女人被不安所控制和折磨，与当年大叔重复倒酒喝酒之其乐无穷，实在是不可同日而语。桃子想啊想，突然找到了两者间的共同点，这个发现让桃子差点惊喜地拍自己的大腿。

与其说是那两个人的样子勾起了自己的回忆，不如说是桃子被观望着他们的自己牵动了记忆的绳索。是啊，从那时到如今，俺都爱偷窥别人，偷窥听上去不那么好听的话，可以改为观望，也可以说是观察、鉴赏、旁观……嗯，怎么说都行啊，总之在桃子的这个行为背后，恶意早已退尽，唯有纯粹的好奇心。这样说绝不是狡辩，在观察人这个行为里，桃子并无恶意，因为桃子不仅想要观察和了解别人的内心，就连对自己的内心也是各种揣测分析，她就是喜欢观察和琢磨人——桃子突然吓了一跳，喜欢，此喜欢就是彼喜欢吗？就是那个大叔对酒的喜欢那种喜欢吗？

桃子自问自答，朝自己点了点头。可是，大叔对喝酒的专注是种幸福，桃子光是看着别人就幸福了吗？好像不是，然而事到如今，桃子觉得这都无关紧要了，重要的是，对于凡事只有三分钟热度的桃子来说，偷窥别人，哦不，观察别人，倒是件能让她坚持下去的事儿。

再认真想想，桃子觉得自己的人生毫无发展，毫无建树，活得那样狭窄，可不是吗？这种只是观察别人的人生，只是自问然后自答的人生，完全是一种无增无减、自我内部收支平衡的人生，一种在时光的流逝中，仿佛沉淀在河流底下的停滞不前的人生。桃子未曾主动对别人释放过什么信息或力量，更无从谈及对别人有所影响，这样，不被别人搭理就太正常了。

是俺躲着人群，不和人打交道，因为俺的人生光是旁观别人就能够自给自足了。和别人打交道的话，有可能一接触，俺就会有意识地变成别的人而不是现在的自己了,所以,俺这样的人就活该寂寞。原来俺的人生和那个翻着包的女人的人生是一样的啊,没啥大区别。

桃子拿手掩嘴忍住了一个大大的哈欠,眼角沾满了因此溢出的眼泪。

"日高桃子"——机械化的叫号声恰巧叫到了桃子。终于轮到桃子了。

"在。"桃子想从嗓子眼儿里发出端庄清脆的应答,不料发出的却是沉闷的一声,吓了自己一跳。

进入老年后,无论自己多么想装模作样,最终从身体满溢而出的都是最真实的老态。桃子想着,缓缓地站起来。

看完医生,缴完费,就已经过了中午了。一走出医院,火辣辣的太阳就朝着桃子脑袋上猛烈照晒。空气都被晒得抖动起来,地面好像起火了一样。桃子手上刚刚领到的药在口袋晃呀晃的,她尽量找树荫下的路,朝着公交车站台走去。

幸好桃子常去的咖啡店里人不多,桃子找到个靠窗的沙发坐下。

每次去医院之后,桃子总是乘公交车到轻轨站,利用等轻轨的时间,在车站前那家咖啡店靠窗的沙发上坐一会儿。咖啡店在二楼,从窗子能看到车站前广场上的风景。

这个座位被绿色植物环绕,沙发也软软的十分舒适,桃子喜欢这里轻柔的西洋音乐。每当出门办事,回家前桃子总是到这里坐一会儿,看看窗外的风景,算是为这次出门做一个总结。

服务员将桃子点的苏打水端上来,她有点迫不及待地喝了起来。甜甜的苏打水带着气泡,轻微刺激着舌尖,待咽下苏打水,桃子才感觉到自己已经很累了。也许是被大太阳晒得特别困倦,桃子感觉睡意来了,而且势不可当，她对着杯子底下细细炸开碎裂的小气泡看，又仿佛什么也没看进眼里，她捏着吸管，就这么睡了几分钟。

醒过来的时候，桃子有一刻搞不清楚自己身处何地，也想不起到底为何人在这里。不过不知是因为苏打水，还是因为小睡了几分钟，她感到神清气爽。而且，在一片澄澈透明的意识中，桃子捕捉到了一种预兆，桃子预感到自己即将迎来一个新发现，虽然它还没有踪影，但是已经在那里。

这种感觉对于桃子来说不是第一次。平常桃子是一个颇理性的人，喜欢从自己的经验出发，得出一个经过了逻辑思考的结论。然而有时候，桃子会好像突然失去这一切理性，于一片清明中得到新发现或者说启示。

人们将这种感觉称为直觉，但桃子不想用这么简单的一个词来概括或者说打发那种感受。

桃子总觉得，在自己的内部，在自己的深处，存在着未知的自己，她在桃子自己所不知处深深思索，有时候她突然冒出来，没有任何说明地给出一个正确的结论，然后又一下子消失了。桃子非常依赖于这样的瞬间，她甚至觉得从自己的内在出现的声音，那才是她的挚友，她的同胞。

桃子认为，像自己这样的人，这样不合群的、难以与别人打成一片的、孤立的人，之所以还能够生活下去，都是因为自己将自己的内心当作朋友，她可以从那里发现很多的风景。自己虽然是一个人，但是又不是一个人。有很多很多的人在自己的内部、自己的深处与自己同住，她们每个人都有自己的思维——这种设想总是让桃子感觉自己可以很坚强。

有一阵子，社会上流行说"伙伴"啊、"联结"啊这些词，好像没有很多同伴的人就身心有什么缺陷似的。"哼，管得多，那样的人才是弱者，因为脆弱、虚弱,所以要成群结伴"——桃子为自己壮了壮声势。

在咖啡店的沙发上,桃子感觉到自己内部的那个桃子已经发现了什么,只是她还没将那启示端到眼前来,于是只有一种淡淡的预感。

还有啥对俺来说是新发现?桃子轻声自语。

真烦人啊,到底是啥啊?桃子又低语了一句。

桃子看了看周围,又将目光对准了杯子里苏打水的气泡,凝神屏息倾听气泡碎裂的声响。在杯子旁边,摆着刚从医院开的药。桃子从药口袋里取出各种颜色、各种形状的药,将它们对着阳光照了照,随后,她闭上了眼睛。

杯子里不知有多少气泡冒上来,又碎裂消散。

与桃子预想的相反,她的视网膜上什么痕迹也没有,并且她什么声音都听不见。这太奇怪了,这与往日不一样啊。桃子有点着急,她压制住纷乱的心跳,尽量让内心平静,带着祈祷的心情等待那"发现"的降临。然而桃子心里依然是白茫茫一片,没有任何成形的意念,也没有任何内心的声音出现。她有种深深的挫败感。从外表看现在的桃子,似乎没有任何变化,但是她内心的自信却像被扎了一针的气球那样,蔫了。要知道,桃子一直都以自身为路灯,以自身为依靠,如今发现自己这么不可靠,就好像被自己给背叛了一样。

"周造。"

这是桃子今天第一次叫丈夫的名字。

"俺在这儿呢。"桃子又说。

此刻,脆弱的桃子必须得确认自己的位置,能为桃子定位的,只有亡夫这个坐标,虽然现在不知他在何处,但一定是在哪里。桃子需要以此来确认自己的位置。围绕自己的现实太煞风景、太暗淡,桃子搞不清自己是否真的活在这个世界上,反倒是隔了岁月光阴的过往,色泽鲜艳地在心里复苏。桃子浅浅地意识到，是自己将过往恣意地回味，是自己为过往戴上了一层美丽的装饰，可是桃子依然坚持认为，只有过往才有她的立足之处。

"周造。"桃子又叫了一声丈夫的名字。

渐渐地，桃子被过去那些亲切的回忆所包围，那些景象就在桃子的眼前和身旁来来往往，不肯离去。

那是听到奥林匹克的号角从而离开家乡去东京的时候——桃子的回忆总是从这里开始。从那一刻开始，桃子的生活改变了。山里的姑娘进入都市生活，且不论好坏，总之事实就是那样了。

桃子不会忘记那时火车抵达终点站上野，她站在上野站台上有多么孤单不安，同时内心又多么充满解放感。桃子知道自己闯了大祸，奇妙的是她并不后悔。桃子劝自己，反正已经没法折回去了，后悔也没用。结果桃子发现连这种劝解都是多余的，眼前的一切都那样新鲜，新鲜得立即夺走了桃子的心。而且，在后悔啊、后怕啊这些消极的想法之前，迫在眉睫的是得找份工作让自己能吃饱肚子活下去。

桃子找工作不挑剔，让她干什么都行，条件只有一个——得有地方住。桃子很快找到了一张荞麦面店的招贴。在这个因为即将举办奥林匹克运动会而蒸蒸日上的地方，只要不挑剔，只要不贪心，怎么都能活下去。

那时候的桃子真年轻啊，干起活来不知疲倦，浑然忘我，很快就与荞麦面店的氛围融为一体，提着外卖荞麦面的箱子也不觉得沉，她不怕苦不怕累，每天干得欢欢畅畅。面店周遭的路她也记熟了，本来担心说不好的东京话也已经说得很溜了，要是桃子愿意，简直可以装得好像出生在这个城市一样。虽然当时她还住在店里借给她的狭窄的小房间里，但按照她的计划，存够钱她就会自己去租一个房子，把各种家具呀、生活用品呀都一件件备齐——光是这么想想就让桃子心里喜滋滋的,事实上也是。那时的桃子,就算得到一个漂亮的饼干筒放在小房间里,也觉得房间明亮得让她心花怒放。

打工,挣钱,存钱,过上富裕的日子,那就是从前的桃子心里闪闪发亮的目标。

那阵子,有句话深深刺痛了桃子。

那是桃子从荞麦面店辞职,换了几个工作后,在一个大众化日本料理店里打工时,一起打工的小伙伴说的一句话:"桃子啊,她在说'我'之前,总是会停顿一下子呢。"

这个小伙伴是从山形县来的,名字叫阿时,大眼睛忽闪忽闪,眼珠子滴溜溜地转。阿时说那句话的时候也是眼睛灵动,仿佛有点搞恶作剧的样子,桃子听到后,觉得好像后背被浇了一大瓢凉水一样。

阿时没说错。从孩提时代起,对于"我"这个称呼的憧憬和反感,或者说,对于"俺"这个称呼的轻蔑和喜爱，总是让桃子陷入一种混乱。这份混乱使得桃子在说"我"时总是会出现一瞬间的停滞。桃子自己对此是有所察觉的，她没想到别人也发现了。

桃子搞不清自己纠结的是什么，是因为不顾一切逃出故乡而对父母亲戚心有内疚吗？可能有那么一点儿，可是那内疚基本上早已经被桃子自己抹去了。父母是父母，孩子是孩子，难道离开父母独自生活不该被称为精神独立而为人称道吗？不是有很多很多刚初中毕业就一起离开故乡到东京打工而被称为"集团就职"的人吗？自己比他们晚了那么一点儿，相当于稍晚一步加入这个大集体，自己丝毫不应感觉有愧，反倒应该感到光荣。

话虽这么说，阿时那句话还是对桃子产生了挺大的影响。桃子渐渐变得少言寡语，而且随着话少了，桃子对于富裕生活的憧憬竟也减少了，或者说，她失去了装腔作势和粉饰华丽的快乐。桃子认识到，无论怎么努力，自己都处于富裕生活的边缘。

既然无论怎么追寻亦难企及，桃子曾经的梦想就都渐行渐远，褪去了鲜艳诱人的色泽。

就是在那一个时期吧，桃子开始老是做那个梦。

梦见八角山。

八角山，是环绕着桃子家乡的一座山，是环绕山村的那些山里最高的一座，也是在当地百姓心中代表着信仰的山。从前桃子的奶奶每天早晚都要朝着八角山合掌遥拜，虽然那只是一座像倒扣了一口锅那样的平凡的山，山顶圆圆的，毫无闪光点。

桃子可讨厌八角山了。上小学、上中学，每年都有一次写生大会，那天，学生们可以自由一整天，去喜欢的地方，画喜欢的画儿，可以自由发挥，无论画什么都行。

桃子也每次都兴致勃勃地拿着画板和颜料跑出去，然而环顾周围也找不出什么特别想画的景色，最后总是画稻子收割之后在地里堆积的谷堆，以及作为画面背景的圆圆的八角山。住在那个鬼地方，无论朝哪里眺望，看到的都是树木、山、田地，以及散落在其间的民居。桃子觉得那地方无趣极了，无聊透了，而这一切的象征就是那八角山。

桃子身在东京，却在与阿时共用的小房间里梦见了八角山，在那个不满八平方米的闷热的小房间里，梦见了八角山。

在梦里，八角山的山顶离桃子好近。

回忆那些梦里的情景，从望见八角山山顶的方位来推算，桃子自己的位置应该是在山脚下的校舍走廊上，那校舍是木头造的，已经有些年头了。木头框里的玻璃窗一格一格的，从被分割为一格格的窗户望出去，八角山显得很雄伟。梦里的桃子就是从一格窗户定定地仰望着八角山。

那是在晚上。被月光照耀的八角山，在桃子眼前就像一整面墙壁那么大。白雪覆盖了八角山,就连山顶树梢上的积雪都看得一清二楚。山上寂静无比,展现出一派神圣之气,又带着令人瑟瑟发抖的威严。那冰冷的山看起来好美。

梦里的桃子屏住呼吸,想要登上那座山,在思忖着能不能攀登上去时,又仿佛知道一旦登上去就难以回来。

桃子的内心深处感到凉飕飕的,寒气逼人,以至于无法呼吸。在梦里,桃子清楚地知道自己的渺小和孤独。而她面对的大山那样高大威严,桃子觉得自己脆弱极了,就像要抓住救命稻草那样,桃子想倚靠着大山大哭一场。

刚开始,桃子甚至不知道那座大山就是八角山,在梦里,桃子想到了,那就是八角山,只可能是八角山。

从梦中醒来,八角山就稳稳地坐落在桃子心中了。曾经在桃子心里平平无奇的山,变成了高贵耸立的山。

桃子开始回想从家里的后院所仰望的八角山是什么样子的，那山脉怎样从视线中展开。桃子眼前经常浮现出八角山的样子和故乡的风景，她甚至觉得可能自己最在意的就是那座八角山。它绵延着与大地连接，那样宽广，那样坚实，衬托出桃子现在立身之处的狭小和脆弱。也许有些后知后觉，桃子那时候才意识到自己究竟抛弃了什么，然而即使意识到了，她也无法转身吃回头草，只能咬牙坚持。

过了一阵子，阿时回到故乡去了。剩下桃子一人，她越发不爱说话，就算有人当面说她对人爱搭不理的，她也只是默默地低下头。那时候，支撑桃子的就是心里那有着圆圆山顶的八角山。

就是在那个时候。

在午饭时间段店里最繁忙的时候，桃子听见有人说"俺这样……""俺那样……"桃子不禁转头望去，只见一个美男子在与同伴说话，那个男子太帅了，帅得让桃子瞪大了眼睛。美男子好像完全不介意周围好奇的目光，或者说也许他根本就没有留意到，他大声说笑着，笑得天真无邪，那洁白的牙齿也给桃子留下了深刻的印象。

那就是桃子与周造的初相逢。

从那天起，桃子就像变了个人似的满脸笑容、元气满满，她对每个客人都热情、亲切，总是手脚勤快地工作。

每次周造来吃饭，桃子都给他端上堆得冒尖儿的米饭和明显超量的沙拉，而且完全不顾周造并未要求添茶，就一次又一次去为周造换上新的热茶。就这么折腾几次后，周造满面狐疑地抬起眼睛打量起桃子。于是二人开始有一搭没一搭地说上几句。

有一次，桃子下定决心，问周造是不是知道八角山。

周造说话的语音和声调像极了桃子在家乡听惯的

语气，桃子一直在想，周造可是来自自己的家乡？这天下决心问了后，桃子又羞又急地等着周造回答，等他回答的那一点点时光显得那样漫长，好像几十年那样漫长。那一刻的光景，桃子到老也未曾忘记。

桃子有点不敢直视周造那漂亮的面孔，却又忍不住死死盯着他。

周造脸上绽开灿烂无比的笑容，用桃子熟悉的方言说："记得啊，八角山，俺记得。"

桃子战栗了。此时此刻，周造是否也听得见拂过桃子耳畔的清风之声？是否也看得见桃子眼底家乡榉树林的光芒？

啊，是真的吗？可眼前的分明是虔十（译者注：宫泽贤治童话故事《虔十公园林》里的主人公），故事里那个像宝石一样熠熠生辉的主人公，他就在眼前。

那个虔十，"雨过天晴时，看着青葱苍翠的竹林，眼睛忽闪着光芒。发现蓝天上翱翔的雄鹰也高兴得蹦起来，拍着手掌去告诉大家"（译者注：摘自宫泽贤治童话故事《虔十公园林》）。

桃子遇见了主人公，那个桃子喜欢得能将他的台词流利背诵的童话里的主人公。

周造也欢天喜地，开心得无与伦比。周造是那种有着赤子之心的男孩，总是将内心的喜悦大声地直接表达出来。桃子感觉到了命运的安排，这就是命定之人，只要在这个人的身旁，桃子的喜悦得到了回应，两个人的喜悦就让幸福加倍了。

奇妙的是，周造所仰望过的八角山有着圆锥形山顶，是一座美丽的山，与桃子所看到的圆圆的山顶不同。二人终于想明白了，就以一个体育馆的跳箱来说，桃子是从正面看到的，周造是从侧面看到的。当然，他们都坚持说自己所看到的才是八角山的正面，二人互不相让，争完了又笑得前仰后合。桃子和周造的距离一下子就近了。

桃子和周造开始恋爱，约会过几次以后，周造一脸认真地对桃子说："把事儿定了吧。"就这么一句话，是周造向桃子求婚，没有任何装饰，直截了当，妥妥帖帖地落进了桃子的心里。

现在想来，那句话就代表了周造，完全不装模作样，直愣愣地表达心情，桃子也正是喜欢周造这些地方。

好像就是从那时起，桃子能坦然面对东北方言了。周造说出来的淳朴方言，听着让人踏实舒坦。桃子承认自己很喜欢这东北方言。周造的纯朴感染着桃子，引起桃子灵魂深处的共鸣。桃子自然地应对周造的方言，周造笑，桃子也笑，于是二人订下了婚事。

不久，周造和桃子就成家了。

成家后，桃子才知道，看上去无忧无虑的周造也有难与外人道的苦闷。

周造想要超过自己的父亲，想变得比父亲更能赚钱，比父亲富裕，从而得到父亲的认可，然而说来容易做起来难，周造始终未能如愿。

桃子如今完全明了，那是某一类年轻男人共通的苦恼。周造也是这类年轻男人中的一个，然而当年面对周造的痛苦挣扎，桃子也备感苦痛。

周造对于变成有钱人这件事本身并无兴趣，他所有的关于挣钱的努力都只为了博得父亲的欢心。周造自己不明白这一层，他如困兽一样，承受着令人窒息的苦痛。桃子那时隐约有所觉察，觉察到周造和自己有多么相似。

桃子决意抛弃家乡来到城市，却并不能投入和享受追求富裕的生活，仿佛要追求的梦想并非如此，但桃子又未能找到可以代替这番梦想的目标。桃子和周造其实很像。

桃子将周造的孤独叠加在自己的孤独上。她一颗心儿颤悠悠地放在周造身上，决心不让周造的脸上失去笑容，决心要让周造感到幸福。

年轻的桃子，急躁的桃子，一心一意想找到解决的途径，想让周造快乐。为此，桃子决定做一个对于周造来说理想的女子。

周造想要的不是那种毫无主见地跟在男人后头的女子，他喜欢的是富有个性的快活女子。于是桃子使出浑身解数，只为给周造带去幸福。

桃子想让周造一直感受到自己的魅力，由此让周造感受到生活的意义，非常自然地，桃子就将自己的目标锁定为——为周造而活。

回想起来，桃子好像任何时候都在观察着周造，一边观察着，一边佯装浑然不觉的乐天派。

对于桃子所做的一切，周造报以温和的笑容，他非常努力地工作，桃子则将人生的坐标交付给了周造，自己只采摘随手就能够得着的果实。桃子只想好好保护周造，她为了保护周造而被周造保护着。

周造是桃子在都市里寻找到的故乡，或者说是桃子心目中故乡的代言人。周造就是真善美的化身，是让桃子如痴如醉地仰望的雕像。

桃子那时还年轻而且弱小，一个人站立在这世上，站立在这城市里，总感到自己站立的姿势很笨拙。她需要一个偶像，让她靠上去扶持和支撑的偶像。她对偶像的扶持，不是因为自身的强大，而恰恰是因为自身的弱小。通过扶持和支撑周造，桃子可以确认自己的站姿的轮廓，从而找到生活的意义和自身的存在感——当然这些道理对那时的桃子来说还太早。

无论怎样，桃子的婚姻生活是平静、安稳而幸福的。

桃子生育孩子，养育孩子长大，直到孩子离开父母，独立生活。

桃子一直感到安宁而满足，在那一天来临以前。

桃子用吸管胡乱搅动着杯子里已经没有气泡的苏打水。

十五年过去了，然而只要回忆起那一天，桃子的心就如气泡翻滚，无法平静。

自那之前，周造一天都没躺倒过，那么突然地，因为心肌梗死而离开了这个世界。桃子至今都不肯接受周造突然死亡的事实。

桃子心里的绒毛突起们成群结队地悠悠然站起来了。它们喊着："死了，死了，死了，死掉了。"

那些绒毛软绵绵地摇曳，一开始只有一根毫不起眼的在微微摇动，后来那小小的动静触动了旁边的绒毛，然后一根接一根形成了小小的波纹，波纹的范围越来越广，波动到四周——

死了死了死了死了死了死了死了死了——

死了死了死了死了死了死了死了死了——

死了死了死了死了死了死了死了死了——

死掉了死掉了死掉了——

死掉了死掉了死掉了——

好惨啊！怎么会啊？好惨啊！好惨啊！好惨啊！怎么会啊？怎么会啊？

周造，他走了，剩下我一个人。

周造，你去哪儿了？剩下我一个人。

胡说胡说胡说！来人啊！告诉我这是假的！啊啊啊啊，天哪！

桃子的悲叹像旋涡一圈圈散开，从呻吟到咆哮，灵魂呼唤着灵魂，绒毛突起已全部启动发出激烈的共振。

天啊！这可咋办！啊啊啊啊！老天爷啊！

啊啊，周造可是个好男人啊！

周造，还没好好享福，就……

为什么？

根本没有神也根本没有佛啊，根本没有神也根本没有佛啊！

回来，还给我。

还给我，快回来，还给我，快回来，还给我，快回来，还给我，快回来！

还给我，快回来，神啊！你还给我！

还给我，快回来，还给我，根本没有菩萨保佑！

还给我，快回来，还给我，快回来，还给我啊！

桃子一只手紧紧抓住杯子，另一只手狠狠握着吸管在杯子里搅动，可怜的苏打水已经被搅动得翻江倒海，杯子里还剩三块尚未融化的冰块，被桃子握着吸管恶狠狠地戳着，就好像跟它们有杀夫之仇。

悲叹的旋涡抵达最高潮，绒毛突起全都伸长了脖子，齐声呼叫着。突然，不知哪根绒毛轻轻咳了一下，并幽幽叹息，随之，它渐渐减弱了势头，恢复了安静。

与此同时，其他激昂摇动的绒毛突起们，也逐渐分向左右两旁，形成了三个大大的圆圈，逐渐安静下来。

桃子停止搅动苏打水，盯着还在旋转的水中央。等了一会儿，从中间的圆心冒出来一根绒毛突起，带着充满梦幻的眼神，开始喃喃自语。

"俺很幸福。奉献身心的俺的前半生，那为了周造而活的三十又一年，俺很满足，太棒了！"

"啦啦啦，啦啦啦，咿呀咿呀哟。"

躲在它后头的无数绒毛突起也都左右摇晃，唱起了大合唱。

"别自说自话了。哼，说得跟唱的似的。"

突然从左边那个圆圈里发出一声刺破天际般尖锐的吼声，周围一下子安静下来。

"记得俺说过俺只有一半儿是活着的不？"

"你以为俺不知道你有时候忍着厌倦的哈欠？"

"俺记得你掉过眼泪儿。"

"又是哈欠,又是眼泪儿,到底咋了嘛。"

"那还用说吗,也不知啥时候起俺把自个儿交了出去,剩下一个空虚的自个儿,俺因为那空虚不知不觉就掉眼泪儿。"

"净说些虚头巴脑的话,你能说点儿实在的不?"

"俺觉得吧,这人啊,要为别人活的话,就会觉得别扭难受,人还是得张开自个儿的翅膀,俺就想张开翅膀在天上自由飞翔,俺觉得那才是人原本的需求。可是,要是面前有个喜欢的人,俺就想把翅膀给折叠起来,想顺着喜欢的人的节奏去扇动翅膀,你说难受不难受。"

"你咋这么说话啊?你怎么能指责为爱奉献的行为呢?人就该为了美丽的事物、优秀的事物而献出自己的身心,这才是有意义的活法,有这样的机会你得感恩。"

"把别人看得比自个儿重要，大家都说这就是爱。"

"大家都爱赞美富有自我牺牲精神的爱、痴情的爱。"

"我们受了很多那样的教育，让我们战胜自我，为了别人的幸福而牺牲自己，人们总是试图让我们相信，那才是真正的爱，那才是正确的活法。"

在一片杂乱的话语声中，还响起了不知从哪里传来的背景音乐，响个没完没了——"爱是甘露，爱是坚强，爱是尊严，爱是高贵，爱啊，爱啊，只要有爱，世界就是完整的家，有爱的人最美！"

"俺觉得，俺应该更相信自个儿，俺不该把自个儿卖给了爱。俺应该有更强大的自我。"

"啊？自我是啥？别用这种似是而非的词儿。我？我倒是知道的。"

"自我，它最终是自主权的意思。这比什么都尊贵。仔细想想，其实道理很简单。俺特别郁闷的是啥？是俺以为自个儿是新女性！不被家庭束缚，不受父母控制，所以俺离开故乡独自闯荡，然后呢，然后咋样了？然后俺乖乖回到最传统的生活方式，选了为别人而活——这种看上去很美，实际上令人羞愧怨怼的活法。"

"哎呀，你可真敢说啊，这么说合适吗？你有那么伟大吗？"

中间和左边，两个阵营互不相让，眼看着气氛越来越紧张，战争一触即发。这时，几根绒毛突起稳稳地冒了出来。

"够了！有完没完啊。别争这些没用的，再闹，把你们的脖子都拧下来。"

"啊，熊谷次郎直实（译者注：日本武将，在《平家物语》中曾描写他对敌人说"把你脖子拧下来"）大人，我在教科书里读到过您，我还默默地仰慕您。"

"哎呀，东葛巴老师，哎呀，虎须老师也在啊，你们都是俺喜欢的人物典型，都是俺向往的音乐大师，你们在俺心里长期存在，已经和俺的血肉化为一体，现在你们变成俺最重要的那部分绒毛突起……正好，这儿在讨论啥是爱呢，咱们好好聊聊，咱们干脆利索，聊它一个黑白分明。"

"爱是高贵，爱是坚强，爱是……"

"来人啊，给我把那个闹哄哄的背景音乐给停了。"

"俺就想知道，是俺的爱有问题啊，还是男人和女人的爱有问题啊？"

"你装什么傻啊，你难道心里没数？"

"爱是怪物，太难驾驭。"

"爱让人放弃自我，而且还被教育为那是美德。"

"谁？"

"女人。"

"我想成为你喜欢的女人。"

"我忍着寒冷为你织着即使你不会穿的毛线衣。"

"没人给治治吗?这歌词。这自卑自贱,这奴隶根性。"

"我的绒毛突起啊,你给我好好听着,掏干净耳朵好好听着。"

"比爱更重要的是自由,是自立,别在所谓的爱面前下跪了,你不起来,怎么会明白。"

"可不是嘛,将爱美化了可不就看不清楚了吗,而且很容易就被爱的赞歌蒙蔽。"

"人生第一位的是自由,没有第三和第四,第五才是爱。"

"那,人生第二位呢?"

"那还用说吗?"

桃子轻轻摇着吸管,微微点了点头。

这时,一直保持静默的右边的阵营,终于开始有所行动。

"只是这样吗?真的只是这样吗?俺压根儿不同意。

"女人的名字是弱者吗?女人真的是弱者吗?看上去很柔弱,实际上很坚韧强大,这才是女人吧。女人受了委屈,难道不会报复?当然,这报复进行于无意识中。从属于男人,服从于男人,低着眉,顺着眼,把自己放在一旁,一心为男人奉献,然后,怎样了?

"我得悄悄地告诉你,就在咱们这儿说说啊,你可别外传。然后就将男人吞没了。从男人的背后操纵他,从男人的内在支配他,当男人失去了女人这一坚强后盾,就感到莫名的不安。就好像一体共生的双簧。双簧这种曲艺演出,作为茶余饭后的娱乐,看着觉得有趣,然而每天一男一女的生活如演双簧,那么受着的觉得窒息,看着的觉得难受。"

一个明显与其他绒毛突起不同的绒毛突起出现了,她穿着黑色网状丝袜,上面装饰着鲜艳的翅膀。只见她扭动着腰肢开始说唱:"以爱为名,谁都别想活得十全十美。啊,爱到底是什么?"

唱完,她扭动着腰肢消失了。

而那三个摇曳的圆圈阵营,也渐渐地消失了。

桃子暗中战栗,不愿意去细想的一个念头,此刻执拗地漂浮在脑海里。

"桃子,周造是不是太累了?他把心交给了你,努力地、使劲地奔跑着,甚至不曾察觉到自己的疲累。他跑着,跑着,终于倒下了。"

"桃子,是你的爱杀了周造,杀死了周造。"

"不是吗?不是吗?难道不是吗?"

"你的那个给自己制造的壳,那个要为周造而活的壳，正是你开始感到在那个壳里憋屈的时候，正是你想要不以周造为媒介，而是自己直接面对自己的人生的时候，正是那时候，周造死了。"

"你只顾着自己，根本顾不上感受周造的变化，你曾经那么喜欢周造，却在他最后的时光里根本就没有关注他，那份懊悔，那份疼痛，至今折磨着你。"

"啊，那些在两个人之间流动的岁月啊！"

"周造和俺特别像，爱周造就是爱俺自己，爱周造和爱自己毫无区别，俺曾经那样想。"

"周造是父亲，是哥哥，是弟弟，有时候还是儿子。"

"人与人之间，无论多么亲密，都不会真的不分你我，那都是两个人。意识到这一层的时候，已经有很多很多岁月流走了。周造没有变，桃子变了，桃子变得想要为自己活了。就算有多少指责桃子的声音，桃子也无法回头了。"

"周造，俺还是不想回头。"

桃子无法忘记周造在去世前的那半年里浮在脸上的奇怪的笑容。

那阵子，周造总是在刻木头，用雕刻刀在木头上刻出木版画。

周造也找到了呢！既跟父亲无关的，也不是为了桃子的，而仅仅是属于周造自己的喜悦。

周造。

周造和俺的爱，其实刚才就觉得这么说特别肉麻，浑身痒痒，"爱"这个字用在俺身上可能不是特别妥帖，可是俺还是决心就这么用了。周造和俺的爱，变了，俺们经过漫长的岁月让它变了样儿，俺们成熟了。

人是会改变的，人是可以改变的。

桃子颤抖着手指从包里取出了笔记本，将它紧紧地抱在胸前。

有着46亿年过往，桃子希望它还有会延续下去的未来。

周造，他与俺都是途中的人，俺们谁也逃不开，逃不开俺是婆娘、他是爷们儿这么一种身份的固定，可是人还是会改变，一点一滴地改变，所以俺敢说未来一定有不同于现在的男人和女人的关系。这笔记本里就记录着好多能给俺这份信心的东西。

让思绪飘向远方，飘向时间和空间的远方，桃子的表情因此而变得柔和，甚至微微泛起了笑意。

男人和女人会变成啥样？家庭的形态又会变成啥样？

怎么抚育孩子们呢？

那时，也许结婚这种形式已经消失了呢。桃子认为人是独立的生物，基本上会独自生活，与周围有些淡淡牵连着的人际关系即可。

桃子摩挲着笔记本，继续沉浸在想象中，眼底闪动着好奇的光芒。比如说啊，公元 4102 年。那时，人类已经移居到其他星球了吧，有时候他们会充满怀念地眺望他们的母星——地球。

桃子张开胳膊,又圈起双手,在眼前做出一个望远镜,朝里面张望着,用一种眺望远方的眼神——

啊,望远镜镜片里头,在水平线尽头延伸的银河,那里有好多好多男人正在眺望着小小的地球。俺多想在那里头找到周造,也想让周造找出与他同样在眺望地球并且深深感叹的俺。

周造,俺好想你。

苏打水的玻璃杯子底下好像还有零星的碳酸留存,一个气泡缓缓地从杯底浮上来,然后没了影踪。

4

早晨渐渐增添了凉意。鸣叫了一宿的夏虫，到早上终于有点叫累了的样子。

桃子只盖了一条厚毛巾被，她不想起床，能赖一秒是一秒地躺着。其实桃子脑子已经清醒，此刻她一点睡意也没有，身体却不肯离开床。

反正早起也没啥可干的，起来也是日复一日。从睁开眼睛起，桃子心里就是这些"反正"。桃子给自己找各种赖床的借口，又好像是在宽慰自己：人有时就是这样的啊。这是没法子的事儿嘛。她辗转反侧。说实话，从一星期前起，桃子右腿的腿肚子到脚踝骨，有一种发麻的疼痛，而且老也不好。要是年轻的时候，这点事儿根本不在话下，可能桃子根本就不会在意。可现在的桃子，忍不住会去想这是不是什么先兆。如果这是衰老的先兆呢，如果以此为先兆，衰老一点点袭来呢？如果以后自己动弹不了，凡事都得求人呢？这些想象令桃子越来越不安，无法轻视右腿发麻发痛。桃子不怕死，她平时经常说自己根本不怕死，但她非常害怕衰老，衰老看上去比死要轻些，可以说跟死亡还有些距离，可是桃子觉得自己无法安排自己比死亡更可怕。

桃子进入了一种负面思维，就像推倒积木那样，一个糟糕的设想连动着下一个，她意识到，衰老这件事，是一场明知会输的战斗。平时桃子将那些负面的想法都盖上盖子，不让它们浮出水面，然而这阵子它们全都冒出来了，让桃子的心情越发灰暗。睡也睡不好，起又起不来。然后，事情发展到已经不是起来或不起来的问题，而是桃子想到活着和不活着又咋样。

这种想法一冒出来,桃子从早上开始就灰头土脸,了无生趣。另外,她还有点理性,在劝解自己,告诉自己得刹车了,不能这么自暴自弃下去。就这么躺在那儿自己劝说着自己,躺着躺着想上厕所了,又觉得膀胱还有位置,还能再憋会儿,桃子就这么翻来覆去忍着尿意躺着。

就是那时候,桃子真真切切地听见了:"来呀,来呀。"

那亲切熟悉的声音,轻柔颤动着桃子的耳朵。

桃子条件反射般"噌"地起身,脸上带着难以形容的笑,环顾周围,轻轻点了下头。那之后桃子的动作快得惊人,完全不像是过了70岁的人的动作。她踢开毛巾被,轻快地滑下床,到窗边拉开窗帘,迎接照满灿烂的阳光。

桃子的笑容也和阳光一样灿烂,她下楼,梳洗更衣,烧开水,开窗。泡茶,敬茶,点烛灯,摇响佛龛前的铃铛。这一连串动作虽是平时做惯了的,此刻却有着令桃子难以置信的新鲜感。

桃子脱口说:有目标的一天可真是美好啊。

又自己回答自己:是啊,俺需要的,正是这样有目标的生活。

桃子到厨房从柜子里取出铝制的饭盒,那还是桃子上小学一年级时家里给买的。饭盒原本是浅粉红色的,上面画有郁金香的图案。现在那些色泽啊,图案啊,全都磨没了,只剩下金属铝的颜色,而且表面凹凸不平。桃子觉得即便是这样也很有味道。桃子两个孩子的饭盒都早就扔了,这个饭盒却一直留着。

"其实比起孩子们,俺更爱自个儿啊。"这念头从桃子脑子的右边晃到左边。"俺藏着这想法度过了漫长的岁月啊。"这句又从她脑子的左边晃到右边。

"俺可真是个蠢蛋,自欺欺人这么长时间。"这样的句子一句又一句涌现,桃子像哼歌一样一句句嘀咕着，其间手也没闲着。桃子开冰箱，开电饭煲，又在手上沾上盐巴，做出一个又一个的小饭团子，饭团子里面的菜是之前做好放在冰箱里的姜炒肉糜，小院里的紫苏子她拿盐腌过，还有昨晚剩的小鱼干儿。桃子边做边往嘴里塞，还腾出手来喝口茶，饭团子一半进了肚子，一半排整齐放进了饭盒，饭盒的空当里，还塞进了腌白菜和两三个晒干的李子，就这样，自己的早饭搞定了。桃子又往水壶里灌上热焙茶，将饭盒和水壶塞进背包，然后背上包直奔门口，绑上鞋带，回头朝着家里微微鞠躬行了个礼，这是她出门前的习惯。

外面好安静。桃子吸着带有桂花香的空气迈开步子，脑子里这才晃过一丝不安，从现在开始自己要步行个小半天，挺远的路，能平安回到家里吗？不过此刻桃子的腿脚相当灵便，状态超好，这状态让她心情舒畅。自从接受了将独自一个人活下去的事实，桃子就有意识地锻炼腰腿，现在听着柏油路上自己规律而轻快的脚步声都觉得动听。

桃子走到了大路上，说是大路，其实也就比刚才家门口的小路宽那么一点儿，当年这条路上有超市啊、寿司店啊、拉面店啊、衣服店啊之类的。一说走到大路了，就立即是一片繁华，而这十来年里这里已逐渐萧条。难道街道也和人一样变老了吗？桃子念头一转，又立即告诉自己这时候别有这么灰暗的想法。每当这时，从桃子嘴里出来的，总是桃子高中时代的一位老师的口头禅：红旗西征不关我事。这句话应该是有什么典故，桃子用它来表达凡事不放在眼里的意思。在这条路上走了一阵子后，桃子向右拐，接着走，到了最北边的第三公园。这一带原是建设在丘陵地带的人工城市，而在丘陵边缘，还保有在城市规划之外的场所，那里还剩下几条原始的小路，它们细细长长，蜿蜒着通向丘陵的底部。

从第三公园的侧面进入后，看到的就是一条这样的小路。

来到这里，即使完全没有旁人，桃子也会想环顾四周。这条路的深处，有正司和玩得好的一对双胞胎兄弟的秘密基地，三个男孩打造的秘密基地。桃子曾经受到邀请进去看，孩子们对她说："阿姨，这可是绝对的秘密，我们只让你进来看哦。"桃子跟着孩子们，躲着周围人的视线，悄悄去看他们的秘密基地。孩子们领着她，在这一带转过来转过去的，以至于桃子记住了地图上都没有的羊肠小道。这些都是很久以前的事了。

此刻桃子就走进了这小路，一进去，就感到裤腿被青草上的露水沾湿，小腿一阵清凉，而桃子不管不顾地继续往前走。小路顺着公园边缘延伸，说是路，其实只不过是一点赤褐色的土，两旁长满了结着草籽儿的秋天的野草，茂盛得不得了。炎热的夏天里，这小路基本无人行走。对桃子来说，在冬季，这条小路倒是她常常光顾的，大夏天里桃子怕毛毛虫，不爱走这道儿，最后来那次还是黄梅时节之前的事儿。

终于到了这个季节，又平安迎来了一个秋天啊。桃子满怀感慨，觉得有种要感谢什么的心情，究竟要感谢什么她也说不清，这种心情，在年轻时候的桃子来看是不可想象的。

这条小路，通往丈夫安眠的市营陵园。当然，更便捷的交通方式是乘坐公交车，中途换乘一次，就到了。那样，虽然要绕远路，但身体没那么累。然而桃子极少乘公交车去，她坚持亲手做食盒，再用自己的脚走过去，虽说要用掉小半天的工夫，但桃子满足于这种大费周章，甚至有点陶醉于此。

这份满足很快就被桃子忘记了。她越走，越明白自己是为走而走。脚踏实地，自由自在地踩着泥土，随着步履的移动，喜悦在心里越来越多，究其原因，还是自己是从大山里出来的人吧。桃子边走，边享受那浮起来又消失的各种想法，它们甚至不能被称为想法，因为那完全是顺应着意识流动。作为一个山里人，虽然已经离开故乡50年，但是烙印在脚上的对大山的记忆，还是给走在泥土小路上的桃子带来极大的愉悦。这小路毕竟是在丘陵上，也算是山路了，那就足够啦。桃子轻轻地笑了。

小路越往深处越是难走，野草丛生，挡着去路。桃子以越是艰险越要向前的劲头，像划船一样朝着茂密的野草踩去，一步一步，用脚将野草分开，踢开，踩倒，还要抗击反弹着朝桃子的腿撞过来的野草，最终降伏它们。与野草认真搏斗至此，桃子自己也觉得好笑。越走路，越与野草搏击，就越觉得自己好像被剥落了什么，或者说被精简着。在层层剥落之后，在那微微闪光的自我的底层，有一头低沉咆哮的猛兽。虽然桃子对它并不陌生，它可以说是桃子的老相识了，可现在它才开口打招呼,嘿嘿地笑着。桃子知道,自己外表温顺柔和是因为穿了一件温顺柔和的盔甲,那下头可藏着一头凶暴的猛兽。难道不是吗?桃子想要将猛兽搂在怀里好好爱抚它,在漫长的岁月里它总是被压抑、被忽视,她总是对它视而不见,然而它却不屈不挠地存活着。啊,还好你现在还活着——桃子在一瞬间有这样的感叹。

如果能让自己接受这凶猛的一面,那么衰老这种事情倒也不赖。桃子边走边这么想着,为了去给丈夫扫墓,这一路上她走得畅快,走着走着还与内在的自己邂逅,桃子觉得这令她快乐。

当裤子口袋那一片也被杂草上的露水沾湿,桃子终于穿过了草丛,从这里开始将是一片缓缓向下延伸的竹林。

竹子这东西,稍微不管它,就长得又快又密,竹叶密集交错,遮挡住了阳光。铺满竹子枯叶的路倒是十分好走,走到这一带时,就不见人烟,连一户人家都望不见。刚才还能听见偶尔传来的车子的行驶声,现在则什么也听不见了。在一片宁静中,桃子也才放松了肩膀,有心情瞧瞧周围。

"说话,说来听听。"有一个声音说。

桃子本就经常自言自语,自问自答,这是一个人独居养成的毛病,但她也怕外出时一不小心暴露了这陋习,被人听了去。桃子觉得那非常窘——这点自尊心她还是有的。所以出门时桃子就忍不住紧张。在外头,不紧张的时候也有,就像现在这样,在竹林里完完全全的一个人,她便从心底感到解放。桃子对自己说:你说点啥,我都听着呢。转念一想,其实又并没有什么要说的。一副空空的身体,以万事皆空的姿态行走,并无缺失,而有一种本自具足的感觉。桃子就只是为感受着双脚踏在大地上,从脚心有柔软的反弹力传来,她为用心感受着这一切而行走。有时桃子会停下脚步,竖起耳朵,闭上眼睛,聆听竹子的声音。

桃子已经忘记是什么时候发现的,竹子生长时会发出声音。桃子在家乡时没见过毛竹,所以第一次听见竹子的声音时很是惊诧,还以为竹子后头藏了什么动物,因为那声音完全不像植物能发出的。

桃子对于竹子的阴影也大吃一惊。越是无人的竹林,越是个暗黑空间,几乎暗黑如夜。而最令桃子吃惊的,是如今自己对那暗黑的亲近。要知道当桃子还是个小孩子时,她对黑暗有着无比的恐惧,如今却享受起那片幽暗来。

桃子在黑暗中凝神,当眼睛渐渐习惯黑暗后,她闭上眼睛,让暗黑透过眼帘。桃子的视网膜上浮现出彩色的图案,然后又消失,虽然只是眼睛里的世界,却厚实而深邃。桃子想要进入那个世界,如果不行,起码再看看那个场面,但这也行不通,桃子只能感叹地张着嘴,看着视网膜上不断变化的浮世绘一样的图案——那是什么时候？它仿佛并不遥远。

桃子这才发现自己一直摸着肋骨一带，刚才就感觉肚子上粗糙不平，细看，发现有好几颗黏糊糊的草籽儿粘在衣服上。桃子想将草籽儿给揪下去，手伸到一半却停住了，桃子觉得，无论是草籽儿还是这粗糙的感觉，只要是添在自己身上的，都算是自身的一部分，不然，可就寂寞了。

"秋天啊，秋天来了啊！"桃子呼一口气，自己也没料到她会喊出这么一嗓子。

"我的人生可有结下什么果实？"随着刚才那句感叹秋天的自语，桃子如打开了闸门，自言自语，一句又一句抛洒向竹林。

"没有，什么都没有，这人生空空荡荡，老公死了，跟孩子们也疏远了，我何曾想过会有这样寂寞的秋天啊？"

桃子对自己的提问回答得干脆，不禁从腹腔涌出一股笑意,她笑得很大声,有点像是对自己的哄笑,而且一发不可收,她不知道到底有什么好笑的,可就是止不住。桃子拍着肚皮,嘴角流着口水,笑得不亦乐乎。桃子一面难以抑制这大笑的冲动,一面却惊愕于不知自己到底在笑什么。

笑够了,笑累了,桃子一屁股坐在了竹林落叶上,顺势就那么一动不动坐了一会儿。

人活得久了,总会有各种各样笑的时刻。桃子知道有时候人笑与幸福有关,同时桃子也早就知道有一种像今天这样无法控制的笑,桃子更知道这种笑多是在绝望之后。然而桃子觉得今天的情形有所不同。今天桃子直面的并非绝望,当然更不是喜悦,一定要找个贴切些的说法,那么应该说是一种淡淡守候时光流逝的笑。那里面到底包含着怎样的意味?桃子并不知晓。桃子对刨根问底的自个儿有点无可奈何,但也感到自己寻找到了新的疑问入口。

如果对自身有疑问，就能够更向内深入——桃子以一种祈祷般的心情坚信，对自身的好奇能够抚慰余生的无聊，仅剩下守候时光逝去的余生的无聊。

桃子慢慢站起来，一边拍着屁股上粘的叶子，一边继续向前走。

日子确实是无聊，可又有什么办法呢？俺老了不是？老了可不就是无聊无趣了？那俺这人生最闪闪发光的时候又是啥时候呢？

孩提时代？与周造初相识的时候？每天忙忙叨叨带着两个幼小的娃娃的时候？想着这些，桃子忍不住笑意盈盈。那些时候都是好时候，都充满温暖而令桃子亲切怀念。对桃子来说，那就是些可以用得上"珠玉"二字的时光。哦不，桃子转念又对自己轻轻摇头，她想，最闪闪发光的应该还不是那些时候。

那些时光虽说充满了幸福和满足，但细想想，活到现在，真正闪闪发光的，却是那几年——心灵受到重击和震荡,将桃子整个人从根本上改变了的,周造去世后的那几年。原本平淡、平坦的桃子的人生中,最难过、最悲伤的那几年,最让她记忆深刻,却也最是浓墨重彩。

距离永远地失去周造已隔了很长的时间。桃子目光平静,对自己点了点头。

那是世间常态的悲伤,那是人们无论如何都无可逃遁的死别带来的悲伤。桃子已经懂得她的悲伤不是世上绝无仅有的,而是处在人世间与亲人死别的大悲伤之中的。即使是这样,当时的痛楚依旧鲜明地在心底,而且桃子瞬间就能将它取出来反刍。

非常不可思议的是,桃子在反刍那份痛楚时,总是感到自己年轻了十岁甚至二十岁。痛并年轻着,因为感受那时的痛而感觉时光倒流了,想想真是讽刺。痛归痛,桃子还是愿意感受那短暂的年轻的感觉。反正也没有旁人,且窥视一下当时那年轻妻子的心境吧。

桃子吐了下舌头，看了看周围，也许是心理作用，她觉得自己背挺直了，迈出去的步子也大了。

丈夫刚去世那会儿，比起茫然四顾再也找不到周造的身影，桃子更难忍受的是再也听不到周造的声音。桃子到底是难以接受周造已死的事实，她将注意力集中在耳朵上，寻找周造的声音，直等得感觉耳朵里头都发热了。

明明身心交瘁，躺下去却无法入睡。一夜无眠迎来凌晨，告诉自己又要开始没有周造的一天了。这样的日子持续了几天后的一个晚上，桃子躺下后依然是双目圆睁，虽然什么也看不见，就像是盯住虚空，桃子觉得人生从此就是一片虚无。就是那时候，那么突然地，桃子听见了周造的声音："累了吧，俺会陪着你到早上呢，快睡吧。"

桃子惊呆了，想要对周造说话，周造的声音却只是催她睡觉。

"周造，你在这儿吗？真的在这儿吗？"桃子对着黑夜说话。

桃子觉得好开心，她感受到一种温柔的重量，身体软绵绵的，就像要融化掉一样，神志却还清醒着。她不敢动，怕自己一动，周造就消失了。她也不想睡，怕自己一睡，周造就跑掉了。然而很快她就进入了梦乡。

自那以后，桃子就能"听"到周造的声音了。每次"听"到，桃子都疯狂地巡视四周，并且惊愕不已。

听到周造的声音，这是桃子最大的愿望，然而一旦真的"听"见，桃子又觉得难以置信。

那时桃子想要探个究竟，想寻找"听"得到周造声音的缘由。如今的桃子会笑话自己当年那份愚蠢固执。桃子那时候拼命想，在她所居住的世界之中，一定有一个像针眼那么小的洞，这个小洞可以通往周造所在的世界。周造的声音就是从那个洞里传来的。

桃子想，周造在！一定有一个周造所在的世界。桃子不停地告诉自己：现在虽然是分开了，但以后一定会相见，所以要咬牙忍耐啊。

然后，桃子为自己的改变而大吃一惊。

丈夫死了以后，桃子有了一份恳切，恳切希望那个肉眼所不能见的世界切实存在；有了一份欲望，那就是进入那个世界去与周造相会。而在这之前，桃子在现实世界里忙忙叨叨，从未想过这些问题。虽然从未想过，但是坚持认为那都是毫无科学依据的迷信思想，像自己这样于"二战"后接受了教育的人，绝对要蔑视那些鼓吹旧时代封建迷信的人。然而就在丈夫死后，桃子改变了，桃子感到自己迄今为止积累的知识是那样浅薄，原来自己什么都不懂。"原来我什么都不懂"，那时的桃子多少次叹息着重复这句话。

不懂得世上有这样仿佛要撕碎身体的悲伤，可是在那之前却时常使用"悲伤"这个词,而且还想当然地以为懂得它的含义。自以为懂得,那种依靠大脑的思考而得到的懂得,轻薄得就好像一张纸一样。自己所以为懂得的,都是依靠头脑思维而掌握的如此浅薄的"懂得"吗?这个念头让桃子从内心到身体都惊得颤抖起来。

那时,桃子意识到无法再相信自己了,她知道有一个自己所不了解的世界,她要去看看,桃子想,我要去看看,我将独自前行。

那一份恳切将桃子彻底改变了。是丈夫为她打开了新世界的大门。也许旁人听了会笑话吧,可是那之后的桃子,内心充满了声音。桃子能听见各种各样的声音,只要桃子愿意,哦不,有时候桃子在根本未曾预料的时刻,也能听见那许多声音。桃子不仅能听到丈夫的声音,还能听到不知是谁的声音,如今,说话对象已经不限于活着的人了。树木也好,芳草也好,天上流动的云彩也好，桃子都能"听"得见它们，而且还能跟它们对话。这一切支撑着桃子忍受孤独。这一切是桃子所拥抱的秘密，简直是她幸福的疯狂。桃子越来越深切地感受到，悲伤是一种感动，是感动的极致，有一种喜悦是因为这份悲伤而产生的，因为慈悲，所以喜悦。

如今，桃子即使听见丈夫的声音，也不再如当初那样四下里探望寻找，因为她已然明了，那些声音来自自己的内心。那么通往另一个世界的通道，莫非也在自己身体里面吗？每当想到这里，桃子就在嗓子眼儿深处发出无声的会心一笑。怎么都行啊，咋都行啊，俺啥也不怕，俺不再犯迷糊，这世道的规矩由俺自个儿定。

自从丈夫去世，原本支撑桃子生活的条条框框突然都变得无所谓了，诸如"应该这样""必须那样"，那些现实社会的常识，那些为人处世的规矩，都是因为有丈夫在才有意义，因为有一个需要维持的世界才需要那些约定俗成。

孩子养大了，丈夫也送走了，桃子的"任务"已经完成，她成了一个没有用的人了。伴随着丈夫离世，桃子与这个世界的连接仿佛也被斩断了。桃子深感自己已毫无用处，自己的存在变得可有可无，既然如此，那从桃子这边来说，她可以不管不顾从前遵循的规定规矩，一切遵照自创的规则来。俺只听俺自个儿的，无论咋想，俺都不愿再做从前的自个儿。

这些话，桃子从来没和人说过，所以应该是谁也没发现过，然而桃子从那时起就这么打定主意了，去他的人世间啊，世间常识啊，桃子只想卷起裤腿一溜小跑躲得远远儿的。

眼下视野豁然开朗，每次走到这儿，桃子都为之一振。竹林到此为止，从这里开始是陡峭的石梯延伸向下。这一片石梯处于丘陵最北端，常年不见阳光，阴凉潮湿，石头上覆盖着青苔。桃子深爱苔藓的深绿，也喜爱那柔软的触觉，因此总是一而再，再而三地伸手触摸它们。

如果不走这陡峭的石梯，还有旁的平坦之路可走，但桃子为了邂逅这一片深绿而选择这条路。桃子小心地沿着湿滑的石梯一级一级向下走，不可思议的是，每往下走一级，桃子的心就随着下沉一级。当桃子习惯了石梯的湿滑，又想起刚才想到的"挽起裤腿"（译者注：原意是日本男人为了行动方便而将和服下摆掖在腰带里）。桃子觉得自己想起这么个老词儿特别搞笑，这样的词儿，已经没人用了吧，或者说也没几个人知道这种老古董词儿。就连语言都会随着时光流逝而过时成为死语，这世上本就没有一成不变的事物。

桃子又想起了周造的死。在心里的某个角落，桃子一直怀着未能早些察觉丈夫生病的自责，还有自己独个儿慢悠悠活着的内疚，桃子带着这份自责和内疚活着。随着一年又一年的岁月，这种感觉竟也越来越浅淡。这可真是件无奈的事儿。世上就是有这样的人力所不能及的事情。伴随着桃子独自生活而流逝的光阴，恰好使她越来越懂得许多事情都非人力所能改变。自责和内疚都该过去了，自己也该原谅自己了。如果说还有什么值得懊悔的……想到这里，也许因为是只剩一级台阶了，桃子一时疏忽，脚下一滑，右脚的脚踝骨撞到石梯尖锐的边角，一阵剧痛袭击了桃子，令她疼得钻心，喘不过气来。就这么忍了一阵，桃子才从紧闭的嘴唇边儿上幽幽吐出一口气。哎呀，这回糟了，这可咋整？桃子心下后悔。是继续往前走，还是往后退？桃子回头看看，刚刚费劲迈下来的石梯，显得特别高，特别陡，像一道屏障挡在眼前；而往前走也不轻松，还剩下三分之二的路程，她没有走完的信心。最近桃子精神头好，差点忘了，前阵子起就发作的右腿疼痛，那疼痛此刻像被点燃了似的，桃子只觉得又热又麻。往回走吧，桃子又不乐意，似乎有什么情绪阻挠着她往回走，而且它还特别强烈，桃子觉得特别特别来气。

"因为腿疼，就想打退堂鼓了吧？"

"想说老了就别逞能了是吧？"

桃子感觉要是半途折回去，就跟自己总是以各种借口随波逐流的人生一样，她这回不想这么干。"你老是这样，顺坡下驴，老给自个儿找借口，你得走，你得去，你得往前走。"桃子对自己说。

桃子从附近找了根长短粗细合适的木棍，以木棍做拐杖，撑着身体站起来，拖着步子往前走。还好从这里起就都是平坦的路了，沿着刚刚下来的丘陵，有一条小河潺潺流动，发出悦耳的声响。沿着河边，是长着柔软小草的田间小路，道路的另一面是农田，堆着刚刚收割的谷堆。桃子想，就在这路上慢慢走，走着走着腿也该好受点儿了吧。

然而疼痛却不肯退去,桃子疼得停下来好几次,每次停下,她都回头望望,又朝自己摇头,然后再向前看。桃子的额头渗出了汗珠,拄着拐杖依然向前走。眼前的路就好像要通往无限遥远的远方那样延伸着。

拖着病腿,桃子陷入了沉思。

谁来救我?谁来救我?

这没完没了的疼痛有什么意义吗?

桃子是个动辄就要寻找意义的人。桃子需要意义。有时候她甚至会自己创造一个"意义"。当遭遇悲苦难忍的厄运时,桃子就需要从苦难中发现意义,并因发现了意义而让自己接纳苦难,告诉自己这份苦难之于自己是有必要的,这样,她才能接受和承受痛苦,才能给痛不欲生的时刻以肯定。这是自丈夫去世起,就与桃子如影随形的护身符,这种做法也像是与桃子紧密相连、合为一体的处世哲学。

只要有意义,就能够忍受。

桃子边走边想着，脑子里闪过对自己的质疑：只不过是走这么小半天儿路，至于搞得这么深沉而意义远大吗？我到底是怎么想的，怎么会想到非要一路步行到墓地？

桃子在心里自问自答，自个儿将自个儿逼到墙角审问。问着、想着，桃子自己也烦了。"唉，我可真是个麻烦的人啊。"桃子想。

每当往内心深处探索，桃子总是会立即产生一种难耐的感受。那就是问自己："你可曾拼尽全力，发挥出自己所有的力量？"虽然桃子发自真心地愿意挑战和搏击，但从小到大，桃子被教会的都是顺从、随和、与周围协调等品质，简单说来，她一直都为怎样做自己才能被爱而绞尽脑汁，她始终未能培育出战斗、锤炼、坚忍不拔的力量，桃子为此一直心怀懊恼。可是究竟为何自己会变成这样？像这样提问对桃子来说就好像自己每天要搅拌米糠腌菜，已经问了很多次。活到如今七十有五,桃子终于明白了。答案单纯又明快,单纯往好处说是直率,明快往坏处说是傻呆。

桃子这个人,是一个需要比一般人多一倍的关爱的人,是一个向人间乞求很多很多爱的人。虽说桃子得到了家庭的爱和温暖,但依然需要很多的爱。与此同时,她也有很多给人带去幸福快乐的愿望。因此,她对于别人的要求总是特别敏感。对于旁人的要求,桃子可以创造一个自己去迎合和回应。

大家希望桃子是怎样的人呢?应该是柔顺的,随和的,任何时候都愿意满足别人要求的人。不知从何时起,桃子就成长为满足别人的期待而活的人。从结果来说,桃子成了"好人"框架里安分守己的人,不敢越过框架半分。她乖巧无棱角,不拒绝别人的要求,也没有个性强烈的自我。

桃子花了很多时间才发现这一点。很多时间是多长呢?那是桃子活到现在的岁月。哎呀,桃子觉得事到如今也唯有这么叹息一声而已。

此刻,只是从家里出发去给丈夫扫墓,只是这么一次出行,桃子也感觉到内心那股不愿半途折回的劲儿,那个定了目标就要全力完成的愿望,一面这么想,一面又仿佛听到另一个声音在嘲笑自己:"晚了,太晚了,都这时候了你还矫情个啥"——桃子的日常生活就是像这样处于自己和自己的拔河中。

去也不是,回也不是,桃子简直想要躺倒在地上赖着不起来。带着自我拔河的心境,还有浮上心头的自暴自弃,桃子坚持着向前走,不肯停下来。

日头已经很高了,此刻的桃子正带着惯性挪动步子。

对了,那时也是特别特别疼啊。

桃子听见一声仿佛小女孩闹别扭那样的撒娇声,一个梳着童花头的小女孩,站在桃子的左侧,就像是吊在桃子握着拐杖的左手上。小女孩抬头望着桃子，叽叽歪歪诉说："俺疼，俺疼啊。"女孩说着，松开桃子的手，蹦跳着跑到桃子前面两三步的地方，回过头来朝桃子招手。

桃子伸出手，向前走。

桃子特别想将小女孩那整齐的刘海拨弄上去，和她脸贴着脸儿，像抱洋娃娃那样将小女孩紧紧搂在胸前，那黑黑的刘海一定散发着太阳的香味，那苹果一样的红脸蛋儿一定是凉凉的。等到桃子觉得自己刚能触摸到那小女孩时，她又已经跑到前面两三步之外，桃子继续往前追，小女孩仍是欢快地笑着朝桃子招手。

桃子眼前宜人的秋日田园风光和发出动听的潺潺之声的小河都渐渐模糊远去，代之以桃子故乡飘舞着小雪的初冬的景色。

桃子追着女孩往前走，女孩将桃子领到了一座房子跟前。

那是令桃子怀念得直落泪的故乡的家，有爸爸，有妈妈，有爷爷奶奶，有哥哥，还有出嫁之前的小姨们，那么多人一起住着的热闹的家啊，故乡的家。桃子心里急切，颤抖的手摸到了门框，拉开门，闻到了奶奶的大围裙里的味道，这味道就是故乡的家里的味道。抬脚往家里迈时，桃子发现自己的脚变小了，哦不，不只是脚，桃子发现自己的手也变成了胖乎乎滑溜溜的小手。桃子大吃一惊，赶紧奔向玄关旁的小房间，那里应该有妈妈的梳妆台。有！有梳妆台。桃子揭开挡住镜子的布帘，往镜子里头一看，自己变成了梳着童花头的五岁小女孩。桃子全身颤抖，将额前头发撩开，双手触摸面颊，"这弹性，这气息，是俺，是俺，是小时候的俺"，桃子心里乐开了花。

"俺的手脚好轻盈啊，俺就像是在梦里啊"，桃子心里狂喜，却也隐隐知道身体回到了儿时，心灵却还是老了的桃子。

"那也没啥,俺可想念俺自个儿了,所以俺回来看望自个儿",桃子身心分离,被熟悉的腿疼感觉拉回了遥远的从前。

可不是嘛,桃子打生下来就是个左撇子,她爹没少操心,担心她用左手写字儿难看。奶奶也担心她这左撇子的习惯改不了。奶奶在家乡教姑娘们做和服。奶奶说:"这穿针引线的,用左手多难看,学做衣裳学织毛衣都不像样,人家师傅教你都不知咋教。"总之,就在桃子三四岁光景,她的左手被大人用手巾包起来了,父亲将她抱在膝上,教她用右手拿筷子。晚饭时桌上的烤鱼已被大人捣碎了,煮蔬菜也被切成一小口一小口的放在盘子里,桃子用完全使不上劲的右手无精打采地歪着小脑袋往嘴里送食吃,每吃一口,一旁的奶奶就夸她:"哎呀,这小娃娃多好看哪,哎呀,这小娃娃多聪明哪。"

桃子被夸了一句，就想再被夸一句，更重要的是，桃子想让奶奶高兴。于是桃子无论拿筷子还是拿铅笔都换成了右手，虽然总觉得使不上劲。

奶奶老夸桃子聪明，夸她好看，她听着心里可高兴了。她听着奶奶的话，一直相信自己是个聪明又好看的女娃娃，从来没怀疑过。

后来桃子上小学了。与她同桌的小姑娘叫妙子，梳着小辫子，长得可好看了。妙子聪明又伶俐，坐在前面的同学的橡皮掉了，妙子灵巧地一弯腰就捡起来给人家。老师发卷子往后传，妙子听见后头在嘀咕，立即就跟老师说："老师，这儿缺几张卷子。"然后妙子就去老师那儿领了发给后头的同学。

每当这时候，桃子都呆呆地看着。

上体育课了。老师让大家为运动会做准备，列队操练往前走。老师喊着"向右转"，只有桃子不知道哪边是"右"，因为她以为自己的"右边"和大家的"右边"不一样。桃子心里着急，搞不清该往哪边转，于是她把心一横，转过身去，却和旁边的同学面对面了。老师又喊"向前走"，桃子那组比别的组都慢。这样的事儿经过几回以后，桃子才知道自己又笨又呆，她的身体变得越来越僵硬，恨不得缩成小小的一团儿。老师也犯愁了。放学前开班会，老师让大家举起右手来，只有桃子又犯了迷糊，搞不清举哪边儿的手。她听见后头同学在笑。旁边的妙子小声对她说："拿筷子的手。"听见这话，她"哇"的一声大哭起来。让桃子最来气的就是这话不是别人说的，偏偏是妙子说的，这让桃子感到又羞又恼。在像妙子这样真正聪明可爱的小姑娘面前，她不知道该咋办了，奶奶说她聪明可爱来着，现在她闹不清自个儿到底是啥样的孩子了。

　　想到这里，桃子扑哧一声乐了起来。回忆起孩提时代的辛酸史，还能觉得好笑，桃子可真是活了老长的岁月了。

那之后不久,故乡就迎来小雪飞舞的初冬。

桃子有个年龄相近的小姨,她总是称这个小姨为"姐姐"。桃子平时穿惯了小姨的旧衣裳,有天穿了条崭新的红色灯芯绒裤子,桃子心里乐开了花。不知为什么那天家里没有其他的大人在,只有桃子和小姨两个人守着家。外头天气冷,没法出去玩。

"姐啊,咱们玩藏猫猫吧,咱们玩藏猫猫好不?"桃子求小姨。小姨拗不过,就和桃子在屋子里玩起了捉迷藏。幽暗的储藏室、米柜子和碗柜之间的缝隙、排列着大咸菜缸的角落、防雨窗套边儿……在一栋古旧的老宅子里,有那么多幽暗的地方。桃子最后躲在了烧着蜂窝煤的暖桌里头,不知怎么就昏睡过去了。等小姨将她拖出来的时候,她啥都不清楚了,迷迷糊糊的,就记得看见自己的裤子着火了。小姨用手给她拍着,把火给拍灭了。这时候桃子的脑子才有点儿清楚了,她感觉脚脖子那儿已经疼得不行了。桃子哭着喊疼，小姨看她可怜，就去拿了个装了酱油的小碟子，因为听说酱油治烫伤，她就在桃子的脚脖子上抹酱油，就跟往饭团子上抹酱油似的，疼得桃子跳起来鬼哭狼嚎，正是这时候，爷爷回来了，赶紧将桃子领到家附近的诊疗所去了。

烧伤的是右脚，好事儿，从此以后自己就不对左右犯迷糊了。脑子一想到"右边"，右脚那块光溜溜发光的四方形伤痕就凉飕飕的，好像在跟自己说"这边儿这边儿"，桃子那时候简直觉得脚也有心呢。

现在那伤痕还在，虽然已经变浅了很多。桃子觉得那个四方形伤痕就像一扇窗户，从那里能看见好多事情。

那天，桃子坐在一个大箱子似的雪橇上被带去诊疗所。雪橇上有铃铛，雪橇一动它就响。桃子闻到了药膏的气味。纱布上油纸的气味和家里油纸伞的气味一样。桃子喜欢雨滴打在油纸伞上发出的清脆的声响。

她记得那天用手拍打着裤子帮自己灭火的小姨、因为被医生教训而蔫蔫的自己，还有只穿了一天的新裤子。她还记得去诊疗所的路上有一片松林，去诊疗所时因为又疼又怕，自己的小身体紧张地僵硬着，回来路上觉得安心了，便一路东张西望，还蛮快乐。那雪地上散落着松树叶子，雪橇压过去，能闻到好闻的松树的清香。雪橇的铃铛声在去和回的路上听起来完全不一样。那所有的一切啊，都是那样亲切温暖。

此刻疼痛着的右腿啊，也有过温暖的记忆啊。

桃子朝自己点了点头，脚步也轻盈了几分。

突然，桃子觉得腰部有一片柔软的温暖，是谁在轻轻推着自己的后背？

桃子回头，看见一个年轻的女人站在那儿。

年轻女人面色潮红，好像在看着桃子，又好像什么也没看见。

年轻的女人说，周造他握住了俺的，哦不，握住了她的右脚，用力握住了她的右脚。

女人的话断断续续的，看起来气喘吁吁的，完全是在自言自语。

周造第一次约我，就是去了山里，去郊游。周造喜欢山，是真喜欢，俺也，哦不，我也喜欢山。我们带着便当去，特别好吃特别好吃的便当，就在打开便当盒正要吃的时候。

桃子凝神注视年轻的女人。

脚，旱蚂蟥，沾上了，尖叫了声"哎呀"，然后，周造吓了一跳，抓开旱蚂蟥，脚，伤口，血涌出来，就抓住脚，紧紧地握住脚。

桃子笑了，她的笑声和年轻女人的声音合在一起，桃子感到身体有如电流通过。

啊，曾经有过那样的时候呢。桃子充满怀念地望着脸颊绯红的年轻女人。那是天地间只需要自己和周造存在，其他什么都不需要的时期，那绯红的脸颊是陶醉在幸福中的女人的脸颊。

那是只看得见愿意看见的事物的女人。

做梦也没有想到一切都有结束的一天。

那是无知得令人摇头的女人。

然而桃子还是想深深疼爱那个女人。

突然，浓烈的红色映入了桃子的眼帘，是一大片怒放的彼岸花。几百株彼岸花盛放着，红得像在燃烧。终于走到这儿了啊，桃子看着花海，大口喘着气。

小河上架着很漂亮、很像样的铁桥，在小河对面，她登上石阶，那上面有一座小型神社，虽然那座神社又小又简陋，但是备受当地人爱护。彼岸花就在神社和石阶两旁盛开着。在神社举办祭祀活动的夜晚，这一带还会点上灯笼，在夜空下，灯笼照耀着彼岸花，那浓郁的红色与花茎鲜艳的黄绿色相映，那是一番无比美丽的景象。那是周造喜欢的风景，桃子曾经陪着周造带着照相机来过好多次。此刻，带着深切的怀念，桃子停下了脚步。

周造将这里的美景拍下很多张照片，有一次桃子问他要来相机，拍下了一张站在彼岸花那端的周造。照片冲洗出来，那张照片被拍得尤其美好，俊美得令人眼前一亮、心头一颤。照片里的周造笑眯眯地看着桃子。

周造的眼睛里是桃子，桃子觉得周造的眼睛里只有自己。有一瞬间，就那么一瞬间，她想到这张照片可以做周造的遗像，这念头一出来就被她打压下去了，这么可怕的念头，闪一下都让人瘆得慌，就算只是一瞬间她也不能原谅自个儿。

她怎么会有那种念头呢？万一……是不是……自己到底是咋想的？十年以后，这成为现实。从那以后，在桃子内心的角落就有一个低着脑袋不肯抬起来的女人。

现在,桃子默默地朝那个女人伸出手去,把她拉起来一块儿走。桃子和她们只能这样,一起,不停地向前走。

日头当空照,地面上有短短的影子。要是在以前,到这个钟点儿桃子应该已经在往回走的路上了。此时的桃子在路边打开水壶,喝口茶,歇口气,又继续往前走。桃子觉得自己的腿已经跟木棍似的毫无知觉,连带着对疼痛也不当回事儿了。桃子进入自暴自弃、"爱谁谁"的状态,反而气定神闲起来。

左侧又加入一个女人同行,桃子将脸侧过去偷偷打量这个女人。

这是一个中年女人,她目不斜视朝前走着。她的侧脸看上去很寂寞。那是一张领悟到活着即悲哀的脸,如果离别是人生的必然,那么活着本身就是件悲伤的事儿啊。

可是真的只是这样吗?桃子感觉女人喉咙那里仿佛藏着滚烫的郁结。

女人有话要说,却似乎并不是要对桃子说,倒像是要对周围的很多人诉说。

女人看了看周围,开始一字一顿地说话。

"有时候,人会特别沮丧,就好像心碎了一样,而且别人怎么安慰都没用。此身不知怎么安顿,此心总是忧愁难解,甚至想要放弃一切。其实那也没啥,俺已做好思想准备,俺现在正沉浸在无限的让人瑟瑟发抖的寂寞之中。

"外面的天空澄明无际,一片秋高气爽,只有俺把自个儿关在家里,久久地坐在他的遗像前面。俺的眼泪流啊流啊怎么也流不完,连俺自个儿都嫌弃自个儿了,干脆就躺倒在那儿,伸开手脚,连眼睛都不想再睁开,因为一睁开眼,就又要面对现实。榻榻米贴着俺的脸和手背,凉飕飕的,俺就那样,牢牢闭着眼睛啥也不看，就那样一小口一小口浅浅地呼吸着，气若游丝。

"那天俺感到自己呼吸的动静那样小，肩膀、胸腔甚至膈都纹丝不动，全身心进入一片静寂，就好像连自己也要消失了。俺觉得这样也不错，就这样让自己消失也不错。就在那一刻，俺突然听见有人说话的声音，是真的听见了！那声音来自俺的身体内部，但俺发誓，那不是俺的声音，也不是俺之前听到过的任何人的声音，'溶化吧，溶化进去'，俺听见低低的沉稳的女人的声音。那声音虽然是温和的，却有着不容置疑的坚定，有着让人不得不听从的气场。俺心中信服，继续浅浅地呼吸着，就想去往那个声音所指引的地方。不可思议的事情发生了，真的是不可思议啊。渐渐地，俺感到俺的手脚和周围融为一体了，一直到脚尖，仿佛与周围的边界都变得模糊了。俺身体的表面变得无限纤薄，与周围没了界限，俺被松绑了，又或者说俺被溶化了。俺飘散到了空气中，屋子里充满了俺和俺的悲伤。俺既是整体，又只是部分，俺已解脱，俺在浮游，俺内心感受到无法言说的安稳和宁静，同时也留有一丝冷静在凝神观察，对眼前初次遇见的情形无比惊奇。

"俺多么想多一刻停留在那神秘的体验里，俺想牢牢记住那情形发生的顺序和经过，俺以为可以好好记住以便随时回味，可就在那时，俺的眼睛睁开了，那一瞬间，光芒照进了眼里。真美啊！越过纸窗的阳光闪闪发亮，美得令人目眩，俺好像是头一回发现阳光如此美妙。

"阳光普照，将纸窗长长的窗棂投影在榻榻米上，一直延伸到俺身旁。在如洪水一样汹涌照射的阳光中，俺情绪高昂，'自由，啊，自由，俺想干啥就干啥'，这种情绪来自内在，由内而外满溢。外界的情况毫无改变，也无从改变，那封闭绝望的心境却忽然变得明亮而开放,这简直让人难以置信。你们可知道俺有多么惊讶?'溶化吧,溶化进去',俺该怎样理解那时候的声音?"

热情演说的女人说到这里停下了片刻,随之又静静地说:"是真的在,是真的存在。"

女人环顾四周,见大家没有什么反应,又接着往下说:"周造死了,周造死掉了。在俺最悲伤难耐的时候,在俺觉得呼天不应、叫地不灵的时候,有一种存在从心里鼓舞了俺。在俺处于人生最低谷的时候,那个存在从俺的身体内部发声,鼓励俺自由地活下去。那时候,俺发现了,发现了一个内心喜悦的自己。是,俺为周造的死而喜悦,那也是俺的一面。那一刻俺明白了,那是俺一直隐藏在内心深处的一面,在极特殊的时刻它浮现出来。人的心是多么不可思议啊。

"爱啊恋的,这些字眼对俺来说都有点儿不贴切,俺不想用这样的词儿。周造是迷住了俺的男人,俺被周造迷住了。即使这样,对于周造死去,俺也有一丝欢喜。俺想一个人活活看,俺想照着自个儿的心愿活活看,俺想用自己的力量去活活看。这就是俺,就是作为一个人的俺。俺带着深重的业力,但即使这样俺也不怪罪自个儿,俺不能怪罪自个儿,因为周造和俺是连为一体的,现在也还是连为一体的,为了让俺一个人活着,周造死了,这是仁慈,是周造的仁慈,是从彼岸透过来的光线那样巨大的仁慈。这就是俺为了接受周造的死去而寻找到的意义。"

桃子默默地听女人说话,听完,她打了个哈欠,挠了挠脑袋。

桃子想对那个女人说:"虽说打定主意不浪费周造给的自由,也确是这么想着而活过来的,可有时还是觉得这份自由太重了,如影随形的唯有寂寞。"

桃子转念一想还是打住了,没有说出口。有的感受只能随着时间积累而得,桃子深知那才是最尊贵的感受。

不知从什么时候起,桃子左前方出现了一个弯着腰走路的女人。这个女人长得很像桃子。"一个人挺好,一个人就好,一个人完满。"这个女人就像在念咒一样自言自语着往前走。她看上去顽固又执着。要承认那就是自己今后的姿态,需要一些勇气,桃子想了想,还是笑着跟着她走。

这条田间的小路终于走到了尽头。

从这里开始,就是桃子这番远征最后的难关了。桃子要走很长很长的山路,山路两旁杉树茂盛,山路上头就是墓地。

走到这儿,桃子觉得双腿已经到了极限,腿疼难耐,疼个不止。"俺累了,俺累坏了,俺好像一步都走不了了。喏,俺不往上爬,俺往左转弯,在左边那条平坦的大道上走个15分钟,就有一个公交站呢。"

桃子心里浮现着脆弱的念头,想要逃跑的念头,可她又感到莫名的振奋:"怎么回事?俺心里咋这么敞亮呢?这敞亮将俺想逃跑的念头一脚蹬开,而且依然在心里滚滚燃烧着喜悦。"桃子觉得讶异,微微侧头感受这份不可思议的心境。

"俺该爬上去,俺得爬上去,俺必须爬上去。"桃子被轻盈跳跃的心推动着,迈出了沉重的一步。拖着疼痛的腿接着两步、三步。"哎呀,俺的心现在到底是咋了,是进入了持续走路带来的情绪高峰?对,一定是那种跑步跑爽了的感觉,啊,不对,俺觉得不是那么简单。"

桃子自知对世间万物包括对自身充满打破砂锅问到底的探究欲,她一面嫌弃着这样的自己,一面允许自己继续向内探索。要是这么想着想着不知不觉就爬到山顶上了该多好啊,这么理想的事儿当然不会发生,腿上那顽固的疼痛想忘也忘不了。桃子无奈地继续往上，两步、三步，三步、五步，一点点儿往坡上走。

"哎呀，因为俺活着，所以才觉得疼呢。虽说这腿疼够俺受的，可俺有种凌驾于疼痛之上的安心感，真的！怎么说呢，因为有一天俺会死啊。年轻的时候，俺从来没想过死这事儿，觉得'死'不吉利，特别不愿意触碰它，俺总是背过脸儿去，好像这事跟俺无关。

"俺是从那时候懂得了，死，不遥远，不是远得跟在另一个世界似的，而是就在俺的附近屏息等着。可这回，就算知道死离俺很近，俺也一点儿都不怕了。为啥？因为那是俺老头在的地方，为啥？因为他等着俺呢。俺现在反倒像是被'死'魅惑着，无论是怎样的病痛和苦难，只要遇到它，就全都安息了。死不可怕，死是解脱。还有比这更让人安心的吗？因为安心，所以俺朝前走。俺现在无所畏惧。腿疼算啥？根本不是事儿。"

桃子听着心里不断涌出的句子，并参与着对话，她笑了，笑着又迈出了一步。

有很多很多桃子在。

有很多很多桃子往前迈。

桃子拥着桃子的肩，桃子拉着桃子的手，桃子推着桃子的背，前呼后拥，一路欢声笑语。

缓缓爬上山坡，桃子的目的地——丈夫的墓地就在那里。

到了丈夫的墓前，桃子并不合掌膜拜，而是站在墓的一旁，和那墓一起眺望它平素所看到的天空。各种各样的梳着童花头的桃子坐在墓碑上悠闲地晃动着双脚。

往远处眺望能看见海，像镜面一样平静的大海，再往前是天空，海天一色，是清清的蓝。

桃子突然想起了她的饭盒，她打开饭盒，开始吃饭团子，一边想着一会儿怎么回家。唉，今天还是乘公交车吧，周造也一定不会说她没毅力啊、不肯坚持啊之类的。这样想着，桃子看了一眼旁边，眼角扫到了红色，回头一看，是一株还结着小红果子的王瓜，利用和旁边的坟墓之间那一点儿地方伸展了藤蔓过来，那枝叶上挂着一颗已经干巴的王瓜，红色的王瓜果实在风中摇曳，而且，还红得那样鲜艳。哎呀，在这地方，它怎么长的？桃子笑了，桃子笑着笑着突然明白了。

啊！桃子明白了。明白了自己之所以那样笑个没完，明白了自己之所以感到一阵阵笑意涌上来的原因。

"俺不是一个等待命运判决的人。俺对热烈的红色有共鸣，俺还能战斗！俺还有未来，还有从今往后，涌上的笑意就是涌上的动力，俺还没完蛋呢。"桃子这么想着，又笑了起来。

5

十二月了。

这一带的树木也终于由绿叶变为了红叶。

今年的秋天如此漫长,就好像要目不斜视地略过冬天而直接进入春天。桃子觉得冬天有点不够味儿,冬天不像冬天。

每到这个时节,桃子总会想,虽然觉得这里的冬天不够味儿,但是事实上身体已经跟不上大脑所想追求的境地。大脑怀恋着北国凛冽清冷的冬天,身体却知道眼下这暖洋洋的冬天才是最好。

桃子如痴如醉地看着南天竹的叶子渐渐染上美丽的红色,感叹这一年又终于平安地度过了。一年又一年，与岁月的递增成正比，这"平安无事"越发令人心怀感恩。桃子动不动就对着什么令她感动的事物静静低头，双手合十，摩挲手掌，并凝神细听那摩挲声。

天有不测风云，就在十二月中旬，发生了令桃子无法淡定的情况。

那天，突然地，桃子听到从背后传来"刺"的一声，那声音很奇妙，虽说很小声，一定要打比方呢，就像是有人在撕旧布头。之后，桃子不时地就能听见那声音。

一开始，桃子没想过这声音会是从自己这儿发出的，也不在意它，她以为是住了40年的老房子发出的声音，这阵子，每天早上家门口的柏油路上都有狗屎，也不知是哪个没有公德心的狗主人没有收拾就走了。对此桃子总是一边生气，一边无奈地收拾。桃子铲起狗屎，正要往一旁杜鹃花丛里面埋，半弯着腰时，突然听见了背后"刺"的一声。那还是桃子第一次听见那种声音。她这阵子感觉身体棒棒的，绝不会往自己的身体有事儿上头去想。

桃子能一溜小跑到公交车站。桃子还能吃又能喝。比如吃晚饭的时候，她总是吃完了一碗还觉得不够，歪着头在那儿思忖，耗一会儿，然后突然喊出一句"该吃你就吃"，然后去盛第二碗饭。这句话是桃子那相隔70年的老伙伴，也就是桃子的奶奶经常说的。除了从奶奶那儿，桃子也没听见过谁这么说。这声音留在桃子的耳朵里，亲切又温暖。桃子高高兴兴地吃着热乎乎的第二碗饭，一边想着"该吃你就吃"这句话从语法来说到底对不对。主语谓语时态好像都不明不白，可是桃子总觉得就好像背后有人在让她说这句话似的，这想法让桃子觉得很有趣，仿佛背后有着肉眼所不可见的生命存在，是那不可知的生命体让自己吃，让自己笑，让自己哭，让自己想——每当想到这儿,第二碗饭就正好吃完了,桃子的思考也就此中断。

总之,桃子就是这么精神头儿十足。自从初秋那次去扫墓回来,她就一直有种不明原因的振奋感,不知不觉就兴奋莫名。

桃子爱琢磨,即使对着旋转的洗衣机水流也能看个小半天儿,边看边发呆、想事儿。最近,对于衰老这事儿,她也有新发现。

这事儿当然只能悄悄说啊,桃子最近觉得,说不定自己是不会死的。衰老也可能只是一种文化,比如人们认为"人老了会这样、会那样"这种约定俗成正是催人老的因素。人为何要被外界的认知所绑架呢,如果完全不介意这些,说不定能活个地久天长。当然,如果问桃子是否想老不死,她似乎也是要摇着头想想的,不过桃子并没有积极求死的理由,虽说绝不想厚颜无耻地赖着不死,但还是想要好好看看这个世界再死，看看这个世界有什么新花样再死。桃子想，人老了，并不是就像一路滑坡那样下落，而是能够先维持相当长的一段基本还可以的生活状态，就像是一个停滞不动的阶段，然后才开始走下坡路的吧？要是那样就好了。真正衰老和那之后的过程，之于桃子也是完全未知的世界，而富有好奇心的桃子，对于未知的事情总喜欢探个究竟，体验个明白。那会是怎样的感受？这是桃子对未来最大的兴趣。

渐渐地临近年底，桃子做了一个梦。

桃子梦见自己很久不曾梦见的八角山，上次梦见它还是在与阿时一起住的闷热窄小的四叠[1]半屋子。这回，八角山变小了，变成了一座瘦小的山。

桃子依旧能听见背后传来"刺"的声音，不过她

---

1 叠，日本常用的表示面积的单位，一叠即一张榻榻米的面积，约为 1.6562m^2。

已经不介意听见它,不仅不介意,这阵子她还经常去寻找这声音,她感觉自己对它有种静听的心境。就是这时候,桃子梦见了小小的八角山。

桃子将此看作某种征兆,渐渐地,渐渐地,该来的要来了。

随着年岁的增长,桃子越来越在心灵上依傍着八角山而活。事实上,在桃子和故乡之间,已经没有什么实际的连接,那令人怀念的老家已然不在。

父母早已不在了,就连曾经在那个家里共同生活的亲密无间的家人也都已不在。

唯有八角山,一直在那里,不曾有丝毫的改变。

在暗夜深沉的静谧中,桃子在心里想象八角山,想象它在星空下岿然不动,让那构图在心里蔓延——仅仅是这样也足以让桃子胸中涌上热流。

八角山对俺来说到底是啥啊?

这是一个始终伴随着桃子的提问。这个提问与桃子如影随形。

　　当桃子悲伤的时候，也就是桃子的丈夫刚离世那会儿，桃子眼帘里深深烙印了一幅画面。那时候她受的刺激太大，有些个颠三倒四，记忆的前后顺序也不分明了，那应该是一个白日梦，可是因为梦境实在太真切，使她总感觉是在现实中发生过的事儿，一直到现在，桃子偶尔还有这样的感觉。

　　桃子看见了女人们的长长的队列。也不知道那些女人是不是这个世界的人，她们全都穿着一身白衣，她们排成一列，隔着一定的距离，谁也不说话，就只是默默地望着前方行路。女人们有的年老，有的年少，桃子能清楚看见她们的脸，都是她不认识的人，却有种似曾相识的安心感。桃子站在路边目送女人们远去，目送她们走着走着，走到一个像梯子那样险峻的山路口，一步一步，坚定有力地攀爬上去，很快就进入白云缭绕的山里，再也望不见踪影。桃子想说，别啊，别走,自己不想让她们消失,又想:俺也要去,俺也要跟着去。桃子拼命追赶,却怎么也追不上。

桃子感觉到那里是自己的安身立命之处,也唯有那里是自己的安身立命之处。那些人懂得与桃子一样的悲伤,懂得无处安身的痛苦,她们每个人都懂得,她们是懂得而又默默忍耐着活过来的人。

桃子想和她们连接在一起,桃子想加入她们的队伍。桃子感受到一股力量——有那么多背负着同样的伤痛的人啊,桃子觉得自己对她们所背负的伤痛感同身受,她与她们有着深切的共鸣。

"不只是俺一个人的,这悲痛不只是俺一个人的啊。""死"就在"生"的旁边张着嘴等着呢,只不过大家都没看见,或者说都避而不见,假装看不见。因为有死亡,所以难以忍耐的丧失之痛也就在它近旁。其实,这人间充满了悲伤,谁敢说真的不知晓?不懂得丧失之痛的人终有一日不得不沉浸其间。如果不是这样,那只能说,你不曾真正爱过任何一个人——这是过去的桃子想对看上去无忧无虑的人说的话,那时候的她也许还带着恶意,带着诅咒,而事实上在这样想着的时候,最受伤的还是桃子自己。

可是后来,桃子看见了那个队列。桃子在队列里看到很多先行者,而自己,也要排入那末尾了。

桃子还是想不明白那些女人到底是谁,她们到底要去往哪里。每次这么自问,答案都只有一个——那些人,是在八角山下过活的女人,她们前往的正是八角山。八角山就是这样一种存在!然后,还有桃子自己,她是在那儿过活的女人们的后裔。她曾经以为自个儿在现实世界里无依无靠,如飘零的浮萍。可事实并非如此。她有回去的地方,她的心有所归依,她有可以无条件信赖的地方,那里给人绝对的安心感。那对八角山的情愫,那充盈于内心的祥和,化作桃子安宁、满足的叹息。桃子想,也许这就是信仰,八角山对她来说可以与宗教匹敌啊。

八角山对于桃子来说，可以说是宗教，又可以说不是。

对八角山的情愫和心境当然是坚定不移的，但桃子并不想引申到神啊、佛啊这些概念，那到底是啥呢？是"你"，之于"俺"的"你"。二者之间，没有任何间隔。二者之间，也没有任何介质。若说其间有什么介质存在，那就失去了纯粹性，那就是赝品。

"俺"将心灵交托于"你"还并不仅仅是为了有地方回去那么简单。

守护。

"你"只是存在于那里，什么都不用做，就只是守护着，就只是在那里守护着。那对"俺"已经足够了，"俺"就已经很快乐了。于是"俺"完全地信赖你。

"俺"咋过"俺"的人生，那是"俺"的事儿。"俺"接受自个儿的人生。

然而在大局上"俺"将自个儿交托给你。

接受的。交托的。二者对等,"俺"和"你"。

不知从什么时候起,桃子将八角山与自己重叠在一起了,也可能是太孤独而自我意识膨胀的缘故,以至于进入了认为自己如山的境地。

"八角山就是俺,俺就是八角山的拟人形。"

在梦中,八角山变得瘦小了,对此,桃子不得不认为是隐含着什么深意。

年初,桃子过得蛮平稳,起码从外观来看蛮平稳,虽然她的内心慌乱不堪。桃子发现自己的嘴唇失去了血色,有时候动作不稳、身体打晃,有时候叽叽歪歪地掉眼泪儿——桃子对这样的自己很来气。

难道不是早就做好心理准备了吗?真没用!自从送走丈夫,桃子以为自己的眼角始终能瞄到衰老和死亡,因此自己早就做好了迎接它们的心理准备,然而现在想想，自己当初还是将这一切都设定在很遥远的未来，仿佛它们离自己还很远很远。如今一感到它们真的临近眼前，就这么狼狈不堪，啊，真丢人！

桃子感到大限已经近在眼前，无可逃避，无处遁形，这让她倒抽一口凉气。

过了元旦，当人们撤下装饰在门口迎新年的松枝，过年的兴奋也已平息，世间恢复了日常的平淡，而桃子的情绪也随之安稳下来。

在叹息和愤怒之后，出现在桃子心中的是难以形容的愉悦。

桃子觉得一切都闪闪发光，亮得耀眼，当想到这所有的一切都将不复见，桃子看什么都觉得新鲜。

一切都新鲜得如空山新雨后，不仅是那闪亮的光芒，就连世间的各种声音，桃子都感觉听上去是那样的澄明悦耳。

自从送走了丈夫，桃子就一直认为有另一个肉眼所不可见的世界存在着，如今的所见所闻之于桃子都是佐证，她感到自己是所有感受的载体。

打扫卫生时倒映在水桶里的白云，感恩。远处传来狗吠之声，感恩。左手食指指甲周围长倒刺了，感恩。无论是何时何事，桃子都能感受到其中富含的深意。仔细回想，自从丈夫离世，桃子随口说出的就总是"感恩"二字。桃子的人生是失而复得的人生，是因为"失去"所以懂得何谓"得到"的人生。如果不是因为经历过失去，桃子到现在还是懵懵懂懂什么都意识不到。

与周造相识，感恩。与周造分别，感恩。

水池里传来一滴水落下的滴答声，原因是水龙头的橡皮圈松了，因此断断续续地漏水。这在桃子听来，倒像是周造在回答——"你也听见俺说话了吗？""感恩。"桃子漱口，梳头，坐正姿势，不由得又合掌感恩。左手的温暖传递给了右手，左手感受到右手的回应，同时也能感受到来自那个世界的鼓励。桃子痛切地感受着这一切。

有时，桃子从肩膀到背后会有刺痛，但她从未想过为此去医院。如果是小病小痛，桃子也是会去医院的，当想到这可能是要将她带到另一个世界去的病，她也就定下心来，做好心理准备。回想起自己一直未发现周造有病，一次也没陪他去过医院，就这么送他离开了人世。桃子打定主意，绝不去医院，也算是对周造有个交代。现在，疼痛还不那么严重，还只是发生某些瞬间，况且也没有其他明显的症状，反倒有一份清澈纯粹的紧张感支撑着桃子。

在立春的前一天晚上，桃子也准备了一点儿豆子（译者注：日本习俗，在立春前夜，要撒豆驱鬼）。

虽说是一个人独居，桃子对于各种季节性的习俗也从不怠慢。当然，因为怕收拾起来麻烦，桃子一般只是在桌子上撒几粒豆意思意思，而且撒的不是通常使用的黄豆，而是容易收拾的带壳花生。

桃子扯开嗓子喊："鬼出去，福进来。"

屋子里好安静。桃子捡起花生，剥花生的声音听上去特别响，她浅浅地笑了一下，环顾四周，回忆起四个人围着桌子时的热闹情景。

不记得是正司还是直美了，那时候从幼儿园学会了儿歌回来，唱着"鬼出去，福进来。啪啦啪啦啪啦啪啦豆子的声音，小鬼吓得悄悄跑掉啦"。就那么唱着喊着，四个人欢笑着。

此刻桃子将那歌儿一个人唱了起来，嘶哑着声音，眼角溢出了眼泪。因为讨厌自己落泪，桃子更大声地唱起来，想用声量压倒伤感，让伤感连一点儿溜进来的余地都没有。那些愁绪，桃子不是早就已经下决心了断了吗？在自己生命的最后，在最后的关头，不需要眼泪。

桃子望向远方的虚空。

接下来从桃子嘴里出来的,是一句莫名其妙的话:"你吃猛犸象了吗?好吃吗?"

桃子真的就这么喊了一句。像狗吠那样发出一声大叫后,倒也沉静下来,一边把玩着手里的花生,一边一字一顿开始说话——

走了好多路啊,走了好多路。

很冷啊。很热啊。肚子也饿了吧。一路很辛劳吧。

离开非洲,是因为被人追赶而无处可去了吗?是因为追着别的野兽不知不觉离开了原处吗?抑或是带着遥远的东方之梦?

走过了灼热的沙漠地带,侧目眺望到遥远的喜马拉雅。

走过了冰冻的西伯利亚吗?

面对黑夜害怕过吗?为饥寒交迫而哭过吗?饿得

昏倒了吗？倒下的地方就成为坟地了吧？越过尸体而继续向前行走了吗？

长夜里曾经为星空落泪吗？编织过关于星星的故事吗？

在篝火旁踏脚舞蹈过吗？从旭日东升中得到过勇气吗？

遇见过好事吗？哪怕只有一次也行。

欢笑过吗？露出过得意的笑容吗？

双亲早早去世了吗？可爱的孩子先走了吗？

找到好男人了吗？被不喜欢的男人侵犯过吗？

杀过人吗？被杀过吗？

骗过人吗？受过欺瞒吗？流下过绝望的泪水吗？为愤怒而颤抖过吗？有过各种各样的时刻吧？

走过津轻海峡吗？又或是从南面划着草船而来？

无论走到哪里，总也躲不开那么多的悲伤、喜悦、愤怒、绝望和所有的一切。

即便如此，依然走出了新的一步。

啊，起了鸡皮疙瘩，而且不得不叹息。

太棒了！太棒了！你们可真是太棒了！俺也太棒了！

生死，生而死，死而复生，生而死，死而复生。

时间悠远长久得令人目眩、气绝。

连接着，连接着，连接着，连接着，连接着，连接着，连接着，连接着，连接着……

我连接，故我在。

因为那么多连接才有此刻的生命，这奇迹一般的生命啊！

我是否好好地活过？

桃子将被自己搓揉把玩了半天的花生米扔进嘴里，认真咀嚼起来。

一边咀嚼，一边又开始自言自语——"俺不后悔，俺见识过这人生，俺观望过这人生。

"就只是旁观也足够有趣了,那就是对俺来说正合适的活法。

"可是,这是为什么?到这时候了?

"俺想和别人有所关联,想和别人闲聊些啥,也想和别人认真交谈。

"啊,对了,明白了,俺这是一种对人的依恋啊。

"不是说交谈对象不限于活人吗?不是自信满满地这么说过吗?

"可俺现在想传达给别人,把想了那么多的事儿告诉别人。

"俺觉得这个国家还将遭遇灾难厄运,俺真的这么觉得。

"俺得告诉别人,然后俺所承受的命运才算真正地完结了。"

可是俺也就是在这儿剥花生。

桃子"哇"的一声哭了出来，她曾经那样讨厌眼泪，此刻她擦都不擦一下，哭得稀里哗啦。桃子脸上鼻涕眼泪的，还有混着花生碎渣的口水，她把这一切揉成一团，像初生的婴儿一样大哭起来。

三月三日的下午，外面渐渐有了春天的气息。

虽说还不至于需要布置庆祝女儿节的那种阶梯状娃娃陈列台，桃子也还是在屋子四周摆放了各种娃娃。有年头久远的缺了鼻子的巾松偶人，有缺了半边儿翅膀的天使娃娃，还有薄薄一层塑料做成的娃娃，它们看上去破旧不堪，桃子简直不知它们是怎么能保持着基本形状的。桃子将这些老古董摆放在屋子的四角，就好像从前奶奶所做的那样，款待它们——今天可是娃娃们的盛宴之日啊。

桃子煮了小红豆做成红豆沙，又煮了青菜，还亲手做了糖金橘，她将这些盛在小碗里，供在了娃娃们面前。"请用吧,来,请你们慢用啊。"

桃子听见自己的声音里夹杂着奶奶的声音,奶奶的声音从天花板上飘落,与桃子的声音混合在一起。

"哎呀,奶奶你在这儿呢!"桃子发问了,脸上露出困惑、为难的神情。

"你是来接俺的吗?你再等一等行不?"桃子继续轻声说。

"奶奶啊,你知道吗,俺盼着死呢,俺等着等着都等累了,这阵子有时候还想着奶奶咋还不来接啊,啊不,不对,俺还不想……"

"姥姥,您和谁在说话呢?"

桃子被身后的说话声惊得一回头,见是外孙女。

"哎呀,是小纱啊,咋的了?你一个人来的啊?"

"嗯,我坐巴士来的。"

"你妈知道不?"

桃子一句接着一句紧着问。

"没事儿啊,我从四月开始就上三年级了呢,自己一个人就能来。"

比起上回——上回是啥时候,桃子一下子想不起来了,小纱比起那时候长大了,看上去充满了自信,不仅个子长高了,更不一样的是那眼里的神采。

桃子兀自惊叹于外孙女纱也佳的变化,纱也佳将一个缺了胳膊的洋娃娃举到桃子眼前:"姥姥,帮我修这个娃娃吧,妈妈说姥姥会修。"

纱也佳虽说长大了,却还保留着很多天真,桃子觉得那微妙的混合感可爱极了,也亲切极了。

"来,你拿着到这儿来。"

桃子打开针线盒子,握着纱也佳的小手,开始修补娃娃。桃子一阵恍惚,觉得不可思议,这么手把手地和外孙女一起补娃娃,桃子忽然想起来这场景很久以前就有过。桃子想,这么看来,那时候奶奶心里也是幸福的啊。

"姥姥,您刚才跟谁说话呢?"

"这个屋子里啊,有好多人呢,不是只有小纱和姥姥,喏,这儿有,那儿也有,虽然看不见,可是他们都在呢,看不见的人是存在的。张开耳朵好好听听就能听见。姥姥就是和他们说话呢。"

纱也佳一双澄澈的眼睛直直地望着桃子:"您不怕吗?"

"一点儿都不怕,大家都守着咱们呢,守着的意思就是说……"

"我知道,就是说守护着咱们,保佑着咱们吧。"

"哎呀,小纱记着这个呢。"

"记着呢记着呢,妈妈老是说,姥爷会保佑哥哥和我。"

"姥姥你知道吗,我妈妈一激动说出来的就是东北话,比如说你不好好学习你就啥都不懂。"

"姥姥您怎么了，姥姥您怎么哭了？"

桃子没有回答，而是将手指插进纱也佳柔软的头发里，轻轻抚摩着，小脑袋上的黑发有点汗湿，潮乎乎、热乎乎的。

"姥姥，痒痒。"纱也佳扭着小身子躲着，散发出甜甜牛奶的香味。

"小纱，咱们给这个娃娃做新衣裳吧。"

"咱们做吧，咱们做吧。"

听着外孙女话里的东北味儿，桃子笑出了声。

"小纱，你去把二楼柜子上头那个黄色箱子拿来，里头有碎布头。"

话音未落，纱也佳已经蹦蹦跳跳地出去，她轻巧地上楼梯的脚步声在桃子听来是那样悦耳。

"姥姥，我把窗户打开了哦。"

"啊，开吧。"

"姥姥，你快来啊快来啊。"

"唉,来了来了。"

桃子满脸笑容,慢慢站了起来。

"姥姥现在就上去,等着啊。"

"快来闻,春天的味道,姥姥你快点啊。"

图书在版编目（CIP）数据

我将独自前行 /（日）若竹千佐子著；杜海玲译
. — 北京：北京联合出版公司，(2021.3 重印)
ISBN 978-7-5596-3936-3

Ⅰ.①我… Ⅱ.①若…②杜… Ⅲ.①长篇小说—日本—现代 Ⅳ.① I313.45

中国版本图书馆 CIP 数据核字（2020）第 012298 号
北京市版权局著作权合同登记 图字：01-2019-6792

ORA ORA DE HITORI IGUMO
Copyright © Chisako Wakatake 2017
All rights reserved.
Originally published in Japan by KAWADE SHOBO SHINSHA Ltd. Publishers
Chinese translation rights in simplified characters arranged with
KAWADE SHOBO SHINSHA Ltd. Publishers
through Japan UNI Agency, Inc., Tokyo

我将独自前行

作　　者：[日] 若竹千佐子
译　　者：杜海玲
责任编辑：龚　将　夏应鹏
封面设计：所以设计馆

北京联合出版公司出版
（北京市西城区德外大街 83 号楼 9 层　100088）
天津丰富彩艺印刷有限公司印刷　新华书店经销
字数 75 千字　787 毫米 × 1092 毫米　1/32　6.375 印张
2020 年 4 月第 1 版　2021 年 3 月第 4 次印刷
ISBN 978-7-5596-3936-3
定价：42.00 元

版权所有，侵权必究
未经许可，不得以任何方式复制或抄袭本书部分或全部内容
本书若有质量问题，请与本公司图书销售中心联系调换。电话：(010) 82069336

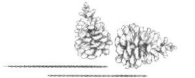